U0164275

黃絹初裁

劉以鬯早期文學作品事證

朱少璋

著

匯智出版

謹以此書紀念劉以鬯先生

序

　　《黃絹初裁》嘗試利用初刊文本凸顯「事證」的效果，書稿篇幅不長，成果亦談不上有過人之處或別具影響力，但個人在撰作書稿的過程中覺得有趣、有意義而又能投入，已十分愜意、滿足。

　　本書論及劉以鬯先生早期文學作品的22個「初刊文本」，這些材料既可視為劉先生漫長創作歷程的近源座標，復能較具體或較全面地展示其詩歌、散文、小說、翻譯的早慧丰姿。希望廣大讀者或研究者都能在「後期修訂定本」以外，認識並重視一些較「另類」而又重要的初刊文本，並從中獲得若干閱讀上或研究上的尋源趣味與啟發。

　　本書初稿成於2018年，擱下整整一年多，沒有跟進。2019年6月香港發生了前所未有的亂局，我反而生起整理出版此書的強烈希望，加上年來又發現了好些新材料，於是就在香港亂局中劃出平行時空，勉力完成書稿。

　　我不是「中大人」，沒有上過小思老師的課，年輕時對老師的學問了解不深總以為都是「剪刀漿糊」一類的拼貼功夫。後來細看老師建立的資料庫及專著，才漸漸明白基礎與底氣的重要。「材料可以說話」是個人近年最深切的體悟。老師在

〈淺論劉以鬯與香港文學的血脈關係〉中說：

> 香港文學史重要成分，都分散藏身於大大小
> 小報刊雜誌中，如雜錦鍋一般的副刊裏。想寫好香
> 港文學史，非得有極濃熱愛、耐得起寂寞，花得起
> 時間，切切看過這雜錦鍋，不分好歹，都用心淘一
> 次，方有信心能力。單靠讀「知名作家」出版過的單
> 行本，或散閱零碎斷章就下定調，會錯過許多重點
> 的。

這幾年我試着仿效老師的方法做一些小規模的專題實習，偶有所得或寸進，欣喜莫名。我在卷首表達這點「私淑」心意，絕無攀附之心，只是要讀者明白我年輕時的狂妄以及現在的虛怯。自數仞宮牆內飄出的琴音不絕如縷，是老師對後輩的鼓勵與影響，無論是直接，或間接，總能讓不得其門而入的門外漢受到感召、得到啟迪——小思老師對本書初稿的種種關照與關懷，以及對少璋的諄諄教導與教誨，在此必須再一次鄭重道謝。

2020 年 3 月
香港浸會大學東樓

目錄

緒言

　　劉以鬯（1918-2018）的作品選集，有以作品體裁為編刊原則的，例如散文集《見蝦集》、小說集《劉以鬯自選小說集》，選刊的是單一文類。[1] 至如《劉以鬯選集》或《劉以鬯卷》（三聯版）則包含詩、文及小說等不同文類。[2] 這些作品集，內容都包括劉氏不同時期的作品，對鳥瞰一個作家的創作歷程，當有幫助，但卻又同時有不夠集中、不夠深入的局限。因此，為作品分期，是整理、研究或評論劉氏作品的另一條重要思路，值得深思，值得嘗試。

　　本書嘗試以研究者較少談論的劉以鬯早期（即大陸時期）文學作品的初刊文本為論述對象，並在其眾多的早期文學作品中取樣，選出 22 篇別具「事證」價值的作品，通過追跡尋源、文本對讀、分析說明以及事實論證，一方面反映或折射出事證與文學評論的密切關係，亦同時為劉以鬯的相關研究

1　《見蝦集》（瀋陽：遼寧教育出版社，1997）；《劉以鬯自選小說集》（天津：百花文藝出版社，2001）。

2　《劉以鬯選集》（香港：香港文學研究社，1980）；《劉以鬯卷》（香港：三聯書店，1991）。《劉以鬯卷》尚有一同名作品集，即梅子編：《劉以鬯卷》（香港：天地圖書，2014），本書在表述時附加「三聯版」或「天地版」作限定修飾，以資識別。

或評論提供一個可行而踏實的進路。卷末兼論懷正文化社的一本有趣出版物《名人百態圖》，懷正文化社由劉以鬯先生主理，是劉先生早期文化事業的重要標誌，業已絕版的《名人百態圖》雖非劉氏本人的作品，但此書經由懷正文化社出版，書的性質特別而卻少人留意，因此在卷末利用初刊文本為此書補上一筆，期讀者不以「離題」責我為感。

本書嘗試在文學評論及文學研究的專題討論中使用「事證」一詞，啟發來自岑仲勉（1886-1961）的〈補《白集源流》事證數則〉。[3] 所謂「事證」，就是「以事證之」的意思，以客觀材料作為一種真實、確鑿、典型的事實論據，直接讓材料發揮證明的能力。「事證」是利用優質的客觀材料，據此或建立新説，或修正舊説，或補充成説，包含使用客觀事實論據進行論證的意思。[4]「事證」的本質是「事實」，不是「理論」或「意見」。「事證」可以減少討論過程中的種種臆測或聯想。「事」，強調具體真實；「證」，強調可信合理。在文學評論或研究的範疇中說某項材料「別具事證價值」，意思是指該材料既客觀，又具體又可信，可以據此呈現或證明另一個相關的事實。

3　「事證」用於文史評論或文史研究，可援的先例有岑仲勉1947年在《國立中央研究院歷史語言研究所集刊》上發表的〈補《白集源流》事證數則〉。

4　查「事證」一詞，在現當代的語境中，較常見於法律專題或歷史專題的論説文章，如：楊華：〈由「對抗」走向「協同」——美國民事訴訟事證開示程序印象〉，《法律文獻信息與研究》（2002年第3期）；童可偉：〈重提「違憲改革合理説」宜審慎——以過去數年之鄉鎮長直選「試點」為事證〉，《法學家》（2007年第4期）。

一、「早期」、「文學作品」及 「初刊文本」

　　本書環繞劉以鬯22個早期文學作品的初刊文本展開論證，[5]這批作品有詩、散文、小說及譯作，絕大部分作品尚未有論者提及。論題中有三個關鍵詞需要作說明，即「早期」、「文學作品」及「初刊文本」。以下先逐一分述。

「早期」

　　溯源，對研究一個作家是非常重要的第一步，目下所見無論是劉氏自編或由他人編輯的劉氏作品集，都似乎沒有為作品作專題而深入的溯源工作，本書希望在有限條件下先就這個重要的空白點做些基本論述，以期引起研究者的注意。

5　搜尋時段設定在1948年或以前，這亦正好是劉氏創作的「大陸時期」。劉氏自1948年離開大陸南下香港以至在南洋的種種創作活動，不在本書的討論範圍內。又本書集中討論的22篇作品只是劉氏早期文學作品中的一個很小部分，但由於這22個作品別具初刊、溯源、辨誤或事證的價值，因而選取作為討論的樣本，並非說劉氏早期文學作品就只有這22篇。事實上，劉氏在未離開大陸前，在上海、重慶等地的報刊雜誌上發表的作品，數量非常多，有待研究者細心考掘、整理及討論。

　　本書談論的是劉以鬯的早期文學作品，時限特指劉氏由出生到離開大陸的時段，即由1918年出生至1948年劉氏離開上海南下香港止，凡三十年。當然，以地域作為劃分劉氏的創作階段也未嘗不可，如「大陸時期」、「南洋時期」及「香港時期」。[6]筆者之所以採用「早期」，是因為這概念既能道出本書在追源溯始上的意圖，又符合分期上的客觀事實。又劉氏以百歲高齡辭世，參考其壽數而均分為早、中、晚三期，說三十歲以前是劉氏個人創作分期中的「早期」，亦頗合理。

　　事實上，1948年對劉以鬯來說，是別具「斷代意義」的重要關限。以下四件事尤其值得注意：

（1）1948年1月1日出版的《幸福世界》的「作家動態」欄目下，有「劉以鬯先生在家養病不能寫作」的報道。[7]

（2）1948年劉氏把1947年的舊作〈失去的愛情〉修訂付梓，由上海桐葉書屋出版成書。

（3）1948年劉氏又把1945年的舊作〈地下戀〉修訂並易名為〈露薏莎〉，於《幸福世界》再刊。

（4）1948年劉氏決定離開大陸，南下香港。

6　有以地域概念劃分劉氏創作階段的，如鄭政恆〈劉以鬯一百歲〉：「簡單來說，劉以鬯經歷了中國大陸時期、南洋時期和香港時期，而最重要是香港時期。」〈劉以鬯一百歲〉，見《明報》，2018年1月17日。

7　報道就只有「劉以鬯先生在家養病不能寫作」一句，由「白蒙」執筆，這是「作家動態」38條報道中的第一條。見《幸福世界》（1948年）〔第2卷第2期〕。

若把上述四件事聯繫起來，就是說：劉以鬯在南下香港的這一年，由於他「養病不能寫作」，基本上沒有新的創作，有的都只是再刊或出版舊作。這既可視為劉氏創作處於最低潮的一年，而再刊與出版舊作等舉措，則可視為劉氏對個人創作的階段總結——這個別具意義的階段，本書稱之為「早期」。

「文學作品」

本書討論劉氏的「早期文學作品」。

文學作品泛指詩歌、散文、小說、劇本、翻譯，[8]非文藝篇章，並不包括在內。比如筆者在1940年《中美周刊》（第1卷第36期）讀到一篇署名「同繹」的長文〈傘兵戰略與國際公法之探討〉，[9]而此文屬於非文藝作品的軍事評論，故不在討論之列。又如1945年的半月刊《光》，創刊號及第2期的「星座」欄目下，均有署名由「劉同繹」或「劉同繹、陶啟湘」選輯的列國趣聞與掌故，但由於署名下說明是「選輯」，而原文內容則是選輯者過錄或摘抄的材料，故不視作文學作品，亦不在本書討論之列。復如劉氏在辦報時為某些欄目撰寫「編者話」一類的文字或按語，也不在討論之列；像《和平日報》1946年

8　本書視翻譯作品為文學作品，理據詳參賈植芳《中國現代文學總書目》序言：「我們認為中國現代文學的歷史，除理論批評外，就作家作品而言，應由詩歌、散文、小說、戲劇和翻譯文學五個單元組成……我們還把翻譯作品視為中國現代文學不可或缺的重要部分。」《中國現代文學總書目》（福州：福建教育出版社，1993）

9　「同繹」是否就是「劉同繹」，尚待仔細查證，因本書不會討論〈傘兵戰略與國際公法之探討〉，故相關的查證工作，暫不處理。

1月1日有劉氏的〈編者贅言〉，從廣義上說也可以算是散文（雜文），該文雖未列入討論樣本之中，但這些珍貴的文字材料，將來還是應該編進全集中去的。

■「初刊文本」

本書強調的「初刊文本」，是指作品在成書前最初發表的文本。

有經驗的讀者或研究者都知道，書籍的初版信息可以根據原書的版權頁或牌記確認，起碼有個記錄，有個根據。但在刊物上發表的文章到底是否「初刊」則較難百分百確認。雖說作者一般不會再刊同一個作品，但也會有例外的個案，不能一概而論。比如劉氏在1945年的《文藝先鋒》上發表的〈地下戀〉，這篇小說後來易名為〈露薏莎〉並略作修訂，分兩期在1948年的《幸福世界》上再刊。那是說，〈露薏莎〉（或〈地下戀〉）在成書前，[10]就曾在兩份刊物上發表過。若按「初刊」的原則及定義，1945年的〈地下戀〉較1948年的〈露薏莎〉發表日期要早，因此1945年的〈地下戀〉就是「初刊文本」。可是，將來會否發現另一個比〈地下戀〉更早發表的文本呢？這不能說絕對沒有可能——未發現不等如沒有——上文說「在刊物上發表的文章到底是否『初刊』則較難百分百確認」，就是這個意思。

---

10 〈露薏莎〉曾輯入1991年的《劉以鬯卷》（三聯版）。

　　雖說「初刊」不能百分百確認，唯在尚未找到更早期的文本前，稱本書所論及的 22 個作品為「初刊文本」，相信還是合乎常情、常理、常識的說法。日後倘能根據新的發現而對某個文本的「初刊」身分有所更新，是研究上、材料整理工作上的一大發現。在探究過程中如能合理又有效地對舊說有所更新或改正，筆者樂見。

二、劉以鬯早期的 詩歌、散文、小說、譯作

　　筆者在報章、雜誌上搜集得到劉以鬯早期文學作品中，別具事證及評論價值者有22篇，包括7首新詩、8篇散文、6篇小說、1篇譯作：

詩歌

1. 〈銀河吟〉

2. 〈淺夏〉

3. 〈NOSTALGIA 〉

4. 〈悼〉

5. 〈病中吟〉

6. 〈花之禱〉

　　以上6首詩總題為「詩艸」，刊於《幸福世界》（1947年）〔第1卷第9期〕，作者署名「劉以鬯」。

7. 〈偶擷〉，刊於《和平日報》，1946年4月29日，署名「藍瑙」。

散文

1. 〈默念〉，刊於《新聞報（上海）》，1932年10月10日，作者署名「劉同繹」。

2. 〈農邨之春〉，刊於《人生畫報》(1936年)〔第2卷第5期〕，
   作者署名「劉同繹」。

3. 〈北國里〉，刊於《人生畫報》(1936年)〔第2卷第5期〕，
   作者署名「以鬯」。

4. 〈冬吟〉，刊於《迅報》，1938年12月23日，作者署名「以
   鬯」。

5. 〈酒之獻〉，刊於《迅報》，1939年1月1日，作者署名「以
   鬯」。

6. 〈小丑〉，刊於《文筆》(1940年)〔第2卷第2期〕，作者署
   名「以鬯」。

7. 〈短簡〉，刊於《現實文摘》(1947年)〔第1卷第2期〕，作
   者署名「劉以鬯」。

8. 〈廣柑攷〉，刊於《故事雜誌》(1947年)〔第1卷第9期〕，
   作者署名「劉以鬯」。

小說

1. 〈乾魚〉，刊於《晨風（上海1933）》(1934年)〔第4期〕，
   作者署名「劉以鬯」。

2. 〈荒後〉，刊於《國民文學》(1935年)〔第2卷第3期〕，作
   者署名「劉同繹」。

3. 〈他們的結局〉，刊於《時代知識》(1936年)〔第1卷第4
   期〕，作者署名「劉同繹」；〈他們的結局〉(續)，刊於《時
   代知識》(1936年)〔第1卷第5期〕，作者署名「劉同繹」。

4. 〈七里墺高地的風雨〉，刊於《文筆》(1939年)〔第2卷第1

期〕，作者署名「以鬯」。

5. 〈花匠〉，刊於《人人周報（上海）》（1947年）〔第1卷第4
期〕，作者署名「劉以鬯」。

6. 〈夢裏人〉，刊於《幸福世界》（1947年）〔第1卷第12期〕，
作者署名「劉以鬯」。

譯作

1. 〈木匠的故事〉，刊於《和平日報》，1946年6月2日，署名
「薩洛揚作、劉以鬯譯」。

以下逐一舉例說明，[11] 並作分析。

---

11 為方便讀者閱讀，本書引用劉氏的作品（以下簡稱「引文」），會作必要、
合理的校訂及基本整理，原則如下：（1）原稿上因缺字或印刷不清導致文
詞漶漫而無法識別者，引文每一字位逕以一▲號代替。（2）原稿中能反映
原作者寫作風格或時代特色的用語，諸如譯名、古典用語、專有名詞、行
業術語、縮略語及方言，引文予以保留，不以現行的規範標準統一
修改。（3）引文（ ）內的字句除另附說明者，均為原作者手筆，引文依原
稿照錄。（4）原稿採用橫排版式，引文予以保留；原稿直排者，引文統一
改為橫排。（5）為釐清詩作在分節或跨版時的斷續問題，大凡原詩隔一空
行以表示分節者，引文在空行行首以加方點號（■）作標示。（6）大凡原稿
中提及書籍名稱或文章題目，引文為加《 》號或〈 〉號。兩種引號則統一
按外「 」內『 』原則使用。省略號以六點兩字位為規範形式。（7）原稿字
詞如在合理情況下需作改動者，諸如錯別字、異體字、句讀問題或標點錯
誤，經編者仔細考慮後修改，修改項目如有必要說明者，在註腳交代。（8）
原稿上如有奪文、衍文、錯置、殘畫或墨釘，經合理推測，更新或補訂而
需說明者，在註腳交代。（9）原稿字詞或文意懷疑出錯而未能確定者，在
註腳交代。

■ 詩歌——小說大師的早期新詩

筆者搜得劉氏早期詩作6首，這組詩同時發表在1947年《幸福世界》，總題為〈詩艸〉，作者署名「劉以鬯」。6首詩依次是：〈銀河吟〉、〈淺夏〉、〈NOSTALGIA〉、〈悼〉、〈病中吟〉及〈花之禱〉。這輯詩作，在劉氏早期文學作品中，別具補遺意義。

事證一：《幸福世界》上的6首新詩

有關劉以鬯的詩，劉氏自謂：「我很少寫詩，剛起步學習寫作時寫過一些；五六十年代也寫過幾首。」[12]而這6首詩作，很可能就是劉氏所說「剛起步學習寫作時」的作品。

許定銘（1947-）在〈劉以鬯的詩〉說過「劉以鬯的新詩甚少見」，[13]那麼，劉氏初刊於1947年的6首早期新詩作品，就更形珍貴了。陳子善（1948-）在2018年10月發表〈劉以鬯的〈詩草〉〉，也提及這組詩，陳氏認為：

> 寫詩之於劉以鬯，只是偶一為之，但從這組〈詩草〉，可見他起步不低，也可證他確實寫過一些真是詩的詩。70年時光流逝，這些詩的藝術魅力仍在。將來如編訂《劉以鬯全集》，但願不要遺漏他的

---

12 《劉以鬯自選小說集》，引文見原書自序，頁3。
13 許定銘：〈劉以鬯的詩〉，見《大公報》，2015年9月13日。

詩，不要遺漏這組〈詩草〉。[14]

陳氏在文中介紹了這組詩的其中兩首，未及其餘；筆者先把幾首詩的內容摘引如下：[15]

> 晚風踏着寬闊的腳步
>
> 繞羣屋而舞蹈
>
> 有唧唧鵲噪如婦人閒談
>
> 很煩也鬈鬈遙遠
>
> 恬靜在樹下打盹
>
> 詩的溫存則鋪滿天穹
>
> 是誰又撮了一把星之塵
>
> 靜靜的銀河似乎在等待明天的雲
>
> 春來也
>
> 七月的初七
>
> ——銀河吟[16]

14　陳子善：〈劉以鬯的《詩草》〉，載《明報》，2018年10月7日。

15　這6首詩原刊《幸福世界》（1947年）〔第1卷第9期〕，總題為「詩艸」，作者署名「劉以鬯」。〈淺夏〉原稿橫排，其餘五首原稿直排。

16　陳子善在〈劉以鬯的〈詩草〉〉說：「農曆七月初七是中國傳統的『七夕節』，牛郎織女一年一度在銀河鵲橋相會是也。〈銀河吟〉寫七夕，頗為別致，寫『曉風』，寫『唧唧鵲噪』，寫『恬靜』，從景到情，從實到虛，層層鋪墊，目的就是為了突出『詩的溫存』，突出『靜靜的銀河』滿懷希望地『等待明天的雲』，也即七夕的到來。這首出色的短詩其實是一首情詩，不着『愛情』一字，卻充滿愛情。」

夜來煙雨打濕垂簾

五月的蛾它不休息

昏黯小燈是太寂寞

且推開詩卷再結眠

讓夢寐收拾一枕愁

讓幻覺編成新寓言

破曉忽有駝鈴丁丁

屋外是太陽的手指

正在撥弄汩汩江水

——淺夏[17]

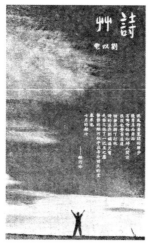

《幸福世界》(1947年)
〔第1卷第9期〕

《幸福世界》(1947年)
〔第1卷第9期〕

17 陳子善在〈劉以鬯的《詩草》〉說:「此詩寫初夏雨夜,情景交融,詩句工
整,而第二天雨過天晴,『屋外是太陽的手指』、『正在撥弄汩汩江水』,多
麼生動形象,又多麼出人意表,同樣是一首意象奇特的好詩。」

那喧囂的大海笑對着黯穹

傍晚的小艚上寫着過分底寂寞

曾遠眺朦朧的夜霧又吞去點點

風帆

是多少征人的眼淚結凝成孤獨

————NOSTALGIA

《幸福世界》（1947年）〔第 1 卷第 9 期〕

我懷念你

那一串突然遠去了的步子

消失了

如同落在汪洋裏的雨點

為什麼呢

這樣早就把「生之大門」關閉

我懷念你

　　　　　　——悼

《幸福世界》（1947年）〔第1卷第9期〕

像那求伴的旅客迷路在箜箜深山
像春天的歲月短少了春天的感覺
你的呻吟已使我瞭解痛苦底定義
對水裏的月亮會有過▲的愛戀嗎[18]
■

當寒冷的窗前還畫着連夜的風雨
是風雨使你我都落入太深的悲戚
為什麼仍繾綣一支久久失落底夢
忘記將這卷舊日的故事投入大海

　　　　　　　　　——病中吟

《幸福世界》（1947年）〔第 1 卷第 9 期〕

18　原稿有字形不清，▲疑為「舟」字。

剪斷歷史的繩索

我打開時間盒子

訪問古行吟詩人

借得遠民的蘆笛

吹一闋真理之歌

在智慧的菜園裏

願黎明女神起舞

撒一把天國花朵

　　　　　　——花之禱

《幸福世界》（1947年）〔第1卷第9期〕

初步略讀一遍，較客觀、直接而又較矚目的，是詩的「格律」
傾向：〈淺夏〉全用八字句；〈悼〉是短句與長句相間；〈病中
吟〉全用十四字句；〈花之禱〉全用七字句。這幾首詩在格式
上都很有「格律」、「齊言」的特色。這些特色，與劉氏後來
的詩作有着一種怎樣的創作關係？值得深思。例如許定銘在
1952 年的《星島週報》上發現劉氏的〈峇厘風情及其他〉組詩
（共 5 首），[19] 組詩中的〈夜遊星加坡皇家山〉全用九字句，〈西
濱園的誘惑〉全用十三字句，〈黑燈舞〉全用十二字句，這點
「格律」與「齊言」的傾向，肯定能為相關研究提供有用的線
索。相信「小說大師的詩歌」，也是一個饒有趣味而極具意義
的課題，值得專家們利用這些材料，更進一步深入探討。

事證二：《和平日報》上的 4 首新詩

上文談及 1947 年刊於《幸福世界》的〈詩艸〉，其中三首
其實是重刊的詩作。查〈銀河吟〉、〈淺夏〉、〈NOSTALGIA〉
最初刊於 1946 年的《和平日報》，這三個初刊文本可以把劉氏
詩歌創作的年期上推一年，別具意義。又初刊文本與再刊文
本文詞有異，亦值得研究者注意。

〈NOSTALGIA〉最早發表於 1946 年 4 月 17 日的《和平日
報》，署名「巴羅」；對比重刊文本，文詞字句有分別：

---

19 《星島週報》（1952 年 8 月 7 日）〔第 39 期〕，出處見許定銘：〈劉以鬯的詩〉。

1946 年初刊文本	1947 年重刊文本
那喧囂的大海哭對着灰靉靆的黯穹[20] 傍晚的小窗上寫着我的過分底寂寞 曾眺過朦朧的夜霧又吞去點點風帆 是多少征人底眼淚凝結成我的煢獨	那喧囂的大海笑對着黯穹 傍晚的小牎上寫着過分底寂寞 曾遠眺朦朧的夜霧又吞去點點 風帆 是多少征人的眼淚結凝成孤獨

〈NOSTALGIA〉重刊時修訂較大，兩個文本無論在措詞上或格式上，都有明顯的分別。措詞上，初刊文本第一行是「哭」，再刊文本改訂為「笑」，意思和意象上都完全相反。句首的「喧囂」既有紛擾、喧鬧之意，則下文用「哭」似乎比用「笑」來得合理，上下文也較連貫。最末一行初刊文本是「煢獨」，再刊文本改訂為「孤獨」，兩個詞都是孤單的意思。格式上，初刊文本是一首典型的齊言格律詩，重刊文本刪去詩句中的一些定語：第一行的「灰靉靆的」、第二行的「我的」、第四行的「我的」。又把第三句「風帆」二字獨立另行處理，幾處改動似乎頗刻意要在字數及分行上打散詩作原來的齊言格式。

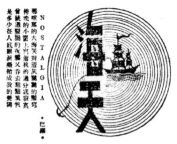

1946 年 4 月 17 日的《和平日報》

---

20 「靉靆」二字原報印刷字跡溚漫，筆者按句意及字影輪廓作合理估計，暫定為「靉靆」。

發表於1946年5月1日《和平日報》的初刊文本，詩題是〈淺夏小記〉，署名「劉以鬯」；對比重刊文本，除了詩題有分別外，文詞字句也略有分別：

1946年初刊文本	1947年重刊文本
夜來煙雨打濕垂簾	夜來煙雨打濕垂簾
五月的蛾它不休息	五月的蛾它不休息
昏黝小燈是太寂寞	昏黝小燈是太寂寞
且推開詩卷再結眠	且推開詩卷再結眠
讓夢寐收拾萬斤愁	讓夢寐收拾一枕愁
讓幻想編成新寓言	讓幻覺編成新寓言
破曉忽有駝鈴丁丁	破曉忽有駝鈴丁丁
淺夏送來一份寥落	屋外是太陽的手指
屋外是太陽的手指	正在撥弄汨汨江水
正在撥弄汨汨江水	

初刊文本第五行「萬斤愁」較重刊文本的「一枕愁」遜色，「一枕」呼應前文「夢寐」，較完整、合理。初刊文本第六行「幻想」，是指以理想或願望為依據，對還沒有實現的事物有所想像；重刊文本改訂為「幻覺」，則指沒有相應的客觀刺激時所出現的知覺體驗。「幻想」強調思維活動，「幻覺」則隱含病態之意。劉氏在修訂時是否有意利用「幻覺」營造一種失常、病態的意味，值得深思。而兩個文本最大又最重要的分別，是初刊文本多出了一句「淺夏送來一份寥落」，這既是點題之句（有「淺夏」這個關鍵詞），亦是上承「破曉忽有駝鈴丁丁」的呼應之筆，有了這一句，全詩顯得更切題、更完整；讀者若只以重刊文本為據作分析，恐怕不得要領。

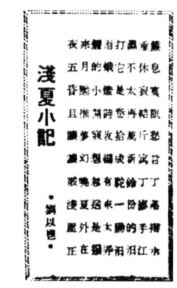

1946 年 5 月 1 日《和平日報》

〈銀河吟〉，最早發表於 1946 年 8 月 3 日的《和平日報》，
署名「以邕」；對比重刊文本，文詞字句有分別：

1946 年初刊文本	1947 年重刊文本
晚風跨着寬闊的腳步 繞羣屋而舞蹈 有唧唧鵲噪如婦人閒談 很煩也髣髴遙遠 ■ 恬靜在樹下打盹 詩的溫存則鋪滿天穹 是誰又撮了一把星之塵 靜靜的銀河似乎在等待明天的風 ■ 春來也 七月的初七	晚風踏着寬闊的腳步 繞羣屋而舞蹈 有唧唧鵲噪如婦人閒談 很煩也髣髴遙遠 恬靜在樹下打盹 詩的溫存則鋪滿天穹 是誰又撮了一把星之塵 靜靜的銀河似乎在等待明天的雲 春來也 七月的初七

對比兩個文本，有兩項分別：措詞上，初刊文本首句用「跨」
不用「踏」；第八句用「風」不用「雲」。在格式上，初刊文本
分成三節，重刊版本則不分節。對比而讀，初刊文本的「跨」
字呼應下文的「寬闊的腳步」，搭配較為精準、合理。初刊文
本的「風」字，很可能是要呼應上一句的「撮了一把星之塵」，
也許是營造風吹星塵的優美意象，重刊版本用「雲」字，讀
起來倒有點費解。初刊版本的分節無論在詩意分割或節奏連
停上，都較具藝術效果及修辭的理由。

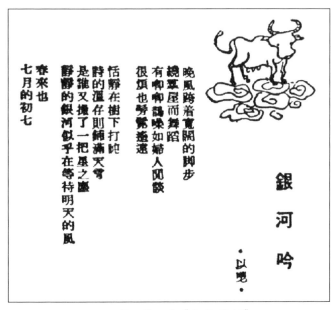

1946 年 8 月 3 日《和平日報》

《和平日報》上的〈NOSTALGIA〉，初刊文本明顯是齊言體，說劉以鬯早期詩作有「格律」的傾向，〈NOSTALGIA〉可以為這個說法多添一個有力的論據。而發表於《和平日報》1946 年 4 月 29 日的〈偶擷〉，也是劉詩格律傾向的另一典型論據。這首署名「藍瑠」[21] 所作的〈偶擷〉與〈NOSTALGIA〉一樣，都只有四句：

葡萄棚下對話着尾冬的風
年青人在尋覓他年青底夢
那黃昏又啓開夜晚的門扉
是夜晚投來一份悵惘太濃

此詩四句字數相同，而第一、二、四各句句末的「風」、「夢」、「濃」三字叶韻；整個作品儼如一首絕句，充分體現格律詩的齊言、叶韻的特色。

1946 年 4 月 29 日《和平日報》

---

21 劉以鬯筆名「藍瑠」。他以「藍瑠」為筆名在《和平日報》發表的作品有〈人間萬象〉、〈一個男人和十二個女人〉、〈子夜血案〉、〈戀愛演變史〉、〈蜜莉安娜〉。劉氏在 1947 年《現實文摘》上重刊〈夢裏小記〉時，也是用「藍瑠」為筆名的。（筆者按：〈夢裏小記〉初刊於 1946 年 6 月 20 日的《和平日報》，署名「劉以鬯」。）

■ 散文——抒情敍述說明議論兼而有之

　　劉以鬯在《他的夢和他的夢》的自序中曾說「散文與小說頗多相似之處，界線很難劃清」，並在序文中以個人作品為例，說明作品介乎散文與小說之間的曖昧情況。他以〈春雨〉、〈副刊編輯的白日夢〉及〈蜘蛛精〉為例，縷述這些作品如何在不同的選集中有時給歸類為散文，有時又給歸類為小說。[22] 由此可見，劉氏的散文與小說，部分作品在分類上向來存在「兩可」的情況，而本書論及的8篇劉氏早期散文，說是散文，在初步分類上固然都符合散文的人稱、敍事觀點以及表達手法，但到底會不會是作者一種嶄新而特殊的寫作「實驗」呢？研究者倘能在文本的分類基礎上開展有關劉氏散文與小說間相互滲透的討論，也是很有意思的。這8篇由筆者歸類為散文的作品是：〈默念〉（1932）、〈農邨之春〉（1936）、〈北國里〉（1936）、〈冬吟〉（1938）、〈酒之獻〉（1939）、〈小丑〉（1940）、〈短簡〉（1947）、〈廣柑攷〉（1947）。

　　這幾篇作品，目前尚少論者提及，在劉氏早期文學作品中，亦別具補遺意義。這些作品展現了劉氏多變的筆調。

事證一：〈默念〉是劉以鬯十三歲的作品

　　先談〈默念〉，這篇短文的最大價值，在於為劉氏早期文學作品提供具體事證，〈默念〉是目前見到劉氏最早的作品，

22　序文見《他的夢和他的夢》（香港：明報出版社，2003），頁1-3。

作品發表時劉氏只有十三歲。[23]

　　劉以鬯初中時已對文學產生濃厚興趣，1933年他參加
「無名文學會」之前，早已在報端發表作品。劉氏發表於1932
年10月10日上海《新聞報》的〈默念〉鮮為人知，若不分文
類，這篇散文可能是劉氏最早發表的作品。在劉氏漫長的創
作歷程中，這篇「少作」在技巧或造詣上雖不免稚嫩，但作
為標示劉氏發表作品的起點，〈默念〉是溯源追始的重要作
品，別具保留與探討的價值。〈默念〉發表在《新聞報》的「茶
話」版，綜觀10月10日「茶話」的圖文作品，大都以「雙十
國慶」為主題，如許成晚整理的潘光旦（1899-1967）講辭〈國
慶期內民族元氣的探討〉、丁澈的〈痛雙十〉、倪高風〈特殊
的國慶〉、吳承遠的〈用「雙」手，用「十」指〉以及八格漫畫
〈回顧〉；而劉以鬯的〈默念〉，則在文末署明「不受酬」。〈默
念〉只三百餘字，氣氛卻異常地沉重：

　　　「國慶！……國慶！」他在默念，默念着國慶，
　　這偉大的國慶。

　　　在靜默的空氣中，一張中山先生的遺像，忽然
　　好像……他（中山先生）從遺像中，一躍地跳了出
　　來。他呀！奔着，奔着，儘是奔着，一直奔入了一
　　個炮火連天血肉橫飛的戰場上。他呀！左手拿着一
　　面青天白日旗，右手提起了指揮刀，「衝呀！……衝

23　劉氏1918年12月7日出生，〈默念〉發表時為1932年10月，作者歲數周年
　　未過，故說當時作者「只有十三歲」。

呀！……」革命軍大聲地嚷着。「逃呀！……逃呀！
……」一般清兵垂頭地吶喊着！中山先生又奔着，奔
回了遺像裏，彷彿看上去，他的汗，他的血，滴成
了二個十字……

　他模模糊糊地默念着，似乎同電影一般一幕一
幕地演出來。

　「國慶！國慶！我祖國的光耀！我民族的榮譽！
慶祝！慶祝！慶祝我們的雙十節……」

　宛轉的歌聲，打斷了他的默念。

　雖然歌聲是宛轉，但是炮火聲並非不悦耳。

　炮彈、機關炮、飛機、兵艦。

　獅子燈、兔子燈、六角燈、圓球燈。

作品由一幅孫中山先生的遺像展開想像，利用想像在時空交
替中表達出革命事業的血汗歷史與艱難前景。文章以聽覺描
寫為主，由默念、呼告、歌聲、炮火聲作串連，有虛有實。

1932年10月10日《新聞報（上海）》

文章末處以兩組圖像收結，以景結情：四種軍火器械，對比四種節慶花燈，純以畫面交代節慶昇平背後的連天戰火，難得不落直接説明的窠臼，而出之以較含蓄的呈現，有助淡化前文略帶濫情的筆調。

事證二：孤島時期的兩篇詩化美文

劉以鬯對早期創作甚不滿意，尤其是孤島時期的作品，[24]每當談及，都幾乎是「否定」的。[25]以劉氏在1991年的自選作品集《劉以鬯卷》為例，屬於「孤島」時期的作品只有〈沙粒與羽片〉和〈七里嶼的風雨〉。[26]

劉氏否定孤島時期的作品，無疑是出於「悔其少作」的心理，但「孤島」這個版塊，是劉氏漫長創作歷程中的重要組成部分，不容抹煞，也不應忽略。劉氏「孤島」時期的作品，可以更全面地反映劉氏的創作成就。例如筆者在《迅報》找到劉氏的兩篇作品，就可以讓讀者對「孤島」時期劉氏的創作，有多一點了解。

---

24 孤島時期，從1937年11月上海淪陷至1941年12月珍珠港事變日軍侵入上海租界止。

25 劉氏在《劉以鬯卷》(三聯版)的自序中説：「沒想到事隔四十幾年，上海楊幼生先生和台北秦賢次先生先後將我在『孤島』時期發表的幾篇習作寄來了。這幾篇習作寫得拙劣粗陋，不但別字連篇，而且滿紙病句，處處沙石，説明我的寫作能力很低。」

26 〈七里嶼的風雨〉在1991年重輯入集時，劉以鬯在文詞、文句上作了修訂。事實上，這篇作品的初刊文本是〈七里嶼高地的風雨〉，發表於《文筆》(1939年)〔第2卷 第1期〕，初刊與重刊文本之異同及分析，讀者詳參本書「〈七里嶼高地的風雨〉的初刊文本」。

　　《迅報》，1938年9月15日在上海創刊，是典型的「孤島」時期刊物。[27]劉氏在此報上先後發表過兩篇詩化短文，即〈冬吟〉和〈酒之獻〉。兩篇作品遣詞都極具詩化的傾向，文藝腔調極為明顯。〈冬吟〉寫「我」與「姑孃」作別，氣氛陰冷：

　　　　有誰把窗戶一推，便是一鈎灰黛底新月，冬夜原是清淒的，更何必鄰客的鄉謠……某家大邸宅的籬垣下，有盞藍燈在熠熠，姑孃門前，殘燭的暈眼，將她影上雪面。求你，姑孃！借一支桃色的筆與我，祇寫一個字——「別」兮！給你。囉！夜已古老，雪還簌簌地落。寒風涔涔的擎着行衣，試抬一抬浸朝的眼珠。藍湛且陰霾的天，唉，太息一聲，像憂鬱詩人萊諾底手杖一樣。踱遠去……姑孃流着青色的淚，絳紗的窗幃在飛舞……

　　　　　　　　　　　　（1938年12月23日《迅報》）

────────────

27　說《迅報》是典型的「孤島」時期刊物，除了參考發刊時段、辦報地點外，亦據其辦報宗旨而定。《迅報》1938年9月15日〈發刊詞〉云：「經過數月的準備，全人等朝夕辛勞，更承各方的督促和協助。《迅報》終於在今天誕生了。上海變成孤島，四百萬的中華兒女，便失掉了精神上的食量。報紙是民眾的喉舌，但是真能為大眾的呼聲，究竟有多少？孤島的報紙，在量的方面很多，然而在質的方面，那似乎就是個疑問。我們抱有一種巨大的雄心，可不敢說有什麼神聖的使命，也不敢說有多大的計畫，卻想致力於『報道忠實新聞』和『發揚民族意識』這兩點，我們雖是一張小型報紙，但懷有最大的志願，自然也有罪不平凡的計畫！謹於創刊之日，我們舉起了右手，宣誓與讀者之前：憑良心說話，不做任何反叛群眾的行為。憑事實報道，不辱報人的天責。憑讀者的意志苦幹，《迅報》是屬於大眾的園地。」

新月、殘燭、絳紗、窗幃，都帶點點古典氣息，並以詩意的
畫面拼砌出絲絲離愁別緒。「殘燭的暈眼」一句，與金朝詩人
趙秉文（1159-1232）的〈和韋蘇州〈秋齋獨宿〉〉「冷暈侵殘燭」
在遣詞、運意上非常相似；而「像憂鬱詩人萊諾底手杖一樣」
一句，則又與穆時英（1912-1940）〈公墓〉中的句子如出一
轍：「瞧哪，像憂鬱詩人萊諾的手杖哪，你的臉！」[28]

1938 年 12 月 23 日《迅報》

劉以鬯與穆時英在創作上的關係，早有論者留意。易明善認
為劉氏的〈流亡的安娜·芙洛斯基〉受穆時英影響：

28　穆時英〈公墓〉，載《現代（上海 1932）》（1932 年）〔第 1 卷 第 1 期〕。

（〈流亡的安娜・芙洛斯基〉）略窺了都市生活的面影，感受都市生活的情調和節奏，使之呈現出淡淡的都市文學色彩，還可以發現小說運用了近似新感覺派的手法，以及受到穆時英小說的影響。[29]

趙稀方（1964-）在〈世紀劉以鬯〉中也留意到劉氏推許穆氏的具體行為：

> 1972年也斯創辦的《四季》，是香港新一代作家最早的文學雜誌之一。在《四季》第一期上，劉以鬯參與編輯了「穆時英專輯」。劉以鬯早就在《酒徒》等文中提到穆時英，感嘆這位「中國新感覺派聖手」的湮沒，但一直沒人出面整理穆時英的作品，也斯這次編輯「穆時英專輯」，也算了卻了劉以鬯的心願。[30]

可見劉以鬯十分重視穆時英。吳劍文在〈劉以鬯：他只好獨自開創了香港現代主義〉一文中，說劉以鬯的短篇小說〈西苑故事〉、〈迷樓〉、〈北京城的最後一章〉等，可以視為步武穆時英、施蟄存（1905-2003）開創的上海現代派之習作。[31]而劉氏早在1938年〈冬吟〉中借用穆氏1932年〈公墓〉中的句子，可以具體地證明劉氏對穆氏作品之熟悉及喜愛。〈冬夜〉不單在行文運意上都步武穆氏的「詩化」筆調，更直接用上

29　易明善：《劉以鬯傳》（香港：明報出版社，1997），頁7-8。

30　趙稀方：〈世紀劉以鬯〉，載《大公報》，2018年1月22日。

31　吳劍文：〈劉以鬯：他只好獨自開創了香港現代主義〉，載《新京報》，2017年9月23日。

了〈公墓〉中的句子，效果雖未能稱得上好，但作為追溯劉氏早期創作的心路歷程，則甚有意義。劉氏瓣香穆時英，後來的小說作品中私淑穆時英的痕跡更是明顯。

〈酒之獻〉寫一個離鄉遊子的心事，他在醉中回想家鄉的情事，收筆處點出思念故鄉的情人。這篇作品寫得很有韻文的味道，而且遣詞古雅，意象、畫面亦具古典氣息：

> 一日，大酣。彷彿在童話的世界裏，遙遠；朦朧，村西陽▲傾，閭曠▲，雁類匆匆作南行。遼望田家尚遠，且問老牌的酒家何處有？舟子答我搖了手，還搖頭。此時，江上北風寒。流來一支長水闋，[32] 不覺已將松竹歲。記得，昨晚風瀟瀟，[33] 想必今朝落葉家圍滿。如今，只一恁這天風▲噙哨，到處流浪，雖是陡的度抄冬，奈能遙寄故鄉，不可留。聽得歌吹一陣——又一陣，於是，過客乃獨渧。心願，那時一杯酒，依舊春，依舊月和柳，再與戀女同剗首。

> （1939年1月1日《迅報》）

〈酒之獻〉受古典韻文影響頗深：「且問老牌的酒家何處有」分明是化用杜牧（803-852）〈清明〉「借問酒家何處有」[34]；而整

---

32 「闋」疑是「蕨」。

33 「瀟」疑是「蕭」。

34 〈清明〉首見於南宋初年《錦繡萬花谷》後集卷廿六，注明「出唐詩」；後依次見於《分門纂類唐宋時賢千家詩選》、《御選唐詩》，均署為杜牧之作。

篇作品的內容，則大致脫胎自孟浩然（689-740）的〈早寒江上有懷〉；對讀兩個作品，大有絲絲入扣之妙：

> 木落雁南度，北風江上寒。我家襄水曲，遙隔楚雲端。鄉淚客中盡，孤帆天際看。迷津欲有問，平海夕漫漫。[35]

說〈酒之獻〉取材、重組改寫自〈早寒江上有懷〉，不無道理。〈酒之獻〉又頗刻意叶韻，如有、手、頭、留、酒、柳、首各字，都叶韻，讀起來就更具音樂感，是作者融匯古典詩入散文的嘗試。

1939 年 1 月 1 日《迅報》

事證三：劉以鬯早期散文中的農村題材及其他

〈農邨之春〉、〈北國里〉及〈短簡〉是典型抒情的筆調，風格帶鮮明的雕琢美，這種寫法，在劉氏的後期散文作品中，殊不多見。而〈農邨之春〉與〈北國里〉兩篇作品，又具有劉氏作品中不常見的「農村」元素，展現了劉氏在「城市書

---

35 引詩據《孟浩然集》卷四（四部叢刊景明本）。

寫」以外的另一種文學創作風貌。且看〈農邨之春〉的「農村元素」：

　　黃昏還撒瀝着最後底餘輝。

　　從迢遙的鐘樓裏，叮咚，一片虔響在太空中迴繞。牧童開始竚仃了沉重的蹙調。祇有牛兒在飼糟裏拖起稻柴來咀嚼的聲音與教堂內底歌聲相和。

　　老橡的蔭底，斜陽沉墜着，盪辮子的村姑便岑寂地躺下，兩臂曲在頭底作肉枕子，眼睛抿閉住。惝恍的：潛入了一種舒暢而昏沉的夢境。

　　一個穿破衣的老人，在田隴裏，亟力地耘耕他未來的收穫。挺着的身子像赤道線上底棕櫚，那頎長的倒影，橫在深坳底田畛上，這就是告訴我們說老農在緊緊的追着時代的輪子。

　　淺春的風具有南歐底詩味。暖和而芬芳的氣息正則地從地上昇起。百里香穿着新裝，像在婚筵裏，有韻律的作嚴端的鞠躬。頷頜過又盛開的野菊子不再嗾住嘴唇。蘭葉長在茅屋的草頂不停地搖擺着……

　　黝暗啦！天空中沒氤氳暗靄底流露，更沒有新入浴後少女肌膚的色彩。真的，夜晚了。

　　夜晚了，漁夫拈了一枝蒲公英蹣跚地回來哩。用手指繞着自己成辮的鬍髭，疤痕斑駁底臉上浮起了一陣疲倦的笑容。

　　遠了，遠了，那漁夫。

夏天的均可底氣息躺在整個農村中間，像一杯綠色的薄荷酒，但是，又像一個墨西哥嬌熱的處女。

——〈農邨之春〉

（《人生畫報》（1936年）〔第2卷第5期〕）

《人生畫報》上的〈農邨之春〉

再看〈北國里〉，則近乎「大自然書寫」，筆法極具「雕琢美」：

山巒上，藤蔓斑駁附粘着的蔦蘿，全給白皚皚的雪片糝上了。可是，朝陽却仍非常美麗的照[36]着大地——一種金暈薊團樣底光芒在流露深淵的淨美。

湖水薄薄的喧染了一片紫丁香底色彩，蓓蕾丹的垂枝沉重地挂在水面上，被雪花栀制着。一艘用纜索住的游艇，靜靜地躺着。今天，沒有處女跟少男的私語，也沒有魚羣唼喋聲在挑逗。大氣十分平穩，還和着一陣陣野薔薇底芬芳的香味。

---

36 「照」，原稿作「昭」，諒誤。

陌生人，盤踞小丘。帶有一只五弦琴，一支音樂筆跟一瓶黑啤酒。

唱吧！

沙破底歌喉，不比 RUMBA 那樣艷熱，更不比 HAWEii 調那樣肉感。

破袖上的征泥，襲起了鄉愁，[37] 繾綣着地中海邊的母親和巴黎酒館裏的鬻歌女。可是在這遼闊的田野裏，真連一縷底苦楚也唱不掉。

——還是喝吧！我的懷鄉者。

……

浮蕩在水面上的冰花在溶啦！

——〈北國里〉

（《人生畫報》（1936年）〔第2卷第5期〕）

觀乎〈農邨之春〉和〈北國里〉兩篇早期散文，劉氏的創作是有農村觸覺的，在地道的農村氣氛中，作者又穿插了一些如墨西哥、地中海、巴黎以及 RUMBA、HAWEii 等異國元素。〈短簡〉的用語則更為「詩化」，描寫筆觸更為細緻，「腔調」更為文藝，讀起來真有「散文詩」或「美文」的感覺：

你失落了一聲嘆息，我曾經拾來編製過故事。

八年來你是風，我是砂粒，你繞星星而舞蹈，我却到處流飄，（你應該還記得你是怎樣把我吹來此地

37　原稿字模崩脫，「襲」字乃按字書推測。

的。）昨夜，在那名做魯斯瑪莉的咖啡屋裏邂逅了你，但我們却相對無語。你的嘴抿得像一個問號，可是你的眼睛更是一個驚嘆號。是不是因為我蒼老了；然而你已顯得顜頑，然後我們告別了，因為我們有太多的話語反難出口。你贈髮簪以換取我的回憶，但我却接受它如擷取一把辛酸。回到家裏，久不能安寧我的 sentiment，我似一個厭世老妓。街上有冷的寂寥，我之繪着憂鬱的窗是悲哀的。五月來了，晚風忽近忽遠，如夜行人找不到旅舍。對着沉默的天，對着沉默的你的照相，我感到沉默的可怕。是的，那憂鬱之窗正對話着初夏的風。歸來後的流浪人，在尋覓他流浪底夢。這時候，黃昏又啓開夜晚的門扉。是夜晚投來一份悵惘太濃。今夜，這一份太濃的悵惘，使我襲起一串苦澀的回憶。是你，是八年前的故事，是一闋破殘了的歌，我聽見了一聲隱約的呼喚。

——〈短簡〉

（《現實文摘》（1947年）〔第 1 卷第 2 期〕）

至於〈小丑〉一文，則夾敍夾議，是借題發揮之作，作者藉童年回憶，加上個人在成長後的經歷，略帶反諷地談「小丑」這個身分或角色，意在言外，讀來頗能發人深省。文章處處正言若反，一下子改變了人們對「小丑」的看法：

　　孩提時，極愛熱鬧，若是新年，竟能連夜不眠，連日不打盹，看來似乎確實「勇」的可以，其

實却是愚蠢不堪的。不過，是然是否，新年終是新
年，為人照例應該乘此高興一番，討些好采，縱然
挨罵被打，也還流淚不得。即是「避債去了」的父
親，一夜躊躕歸來，仍得一團和氣，著新衣，包小
錢，少不了要欣賞大戲一次，借新年，品一次遺忘
了的「天倫之樂」，多少也是好的。說起大戲，按
實講，我是不懂的，誠然不懂，興味却永遠無法減
少，以至衰敗。居間，特別對那鼻子上塗一堆白灰
的小丑，較之長鬍子的老生，女人似的小生，猶有
好感，雖撇一下袖管，或翹一下腿，也都能逗我笑
出眼淚和唾沫，甚至現在，此項偏見，依舊不變，
在每個所謂「新」的年頭，我會忘了一切，去拜望
一些小丑們的做作，作一段親切的回憶，已成了慣
例。如果有人問我何以獨厚不掛正牌的小丑，則
我將沉默，不然，我將大聲高嚷，憑什麼小丑要給
人們討厭呢？相反地，能大胆揭發「獨裁者」的罪
惡的，豈不是一個偉大的小丑嗎？其實世人討厭小
丑，甚至咒罵小丑，其滑稽正似中國人的嗤笑阿Q
一樣。不信，且檢討一下自己，[38]再乘此「新年」良
機，去欣賞一次小丑們的「醜態」，然後估量一下，
是不是有自己的，也許就會轉變了你的態度。所
以，小丑之為小丑，至多也不過是一個「小丑」，一

---

[38] 「檢」，原稿作「鑑」，諒誤。

個將「人」的姿態搬上舞台的藝術家而已；算來實在
沒資格為人討厭咒罵的。而今，又是新年了，捨掉
一切無理的希望，我將為拿起長矛向風車當巨人刺
去的工作者們祝福，原因倒不是鼓勵誰的報復底勇
氣，而却是一種小丑的愚蠢底大胆。

——〈小丑〉

（《文筆》（1940年）〔第2卷第2期〕）

文章提及的「能大胆揭發『獨裁者』的罪惡的，豈不是一個
偉大的小丑嗎？」隱含《史記·滑稽列傳》「優孟衣冠」的典
故。[39] 作者又說「其滑稽正似中國人的嗤笑阿Q一樣」，「阿Q」
是魯迅（周樹人，1881-1936）筆下的一個藝術典型，[40] 不是「舊
典」而該算是「新典」了。而近收筆處又用上了與唐吉訶德
有關的外國「典故」：「我將為拿起長矛向風車當巨人刺去的
工作者們祝福」，[41] 以「小丑」為主線貫穿了古今中外的相關典

39　參看《史記》卷一二六〈滑稽列傳〉。春秋時楚藝人優孟，滑稽多智，擅長
　　諷諫。楚相孫叔敖死後，其子窮困無依，優孟著敖衣冠，仿其神態見楚莊
　　王。莊王大驚，優孟乃趁機諷諫，使孫叔敖之子得到封地，保有富貴。

40　「阿Q」是魯迅小說〈阿Q正傳〉裏的主角，未莊人，本名「阿Quei」，是長
　　辮子的意思，「阿Q」自稱姓趙。魯迅借阿Q這人物反映出當時許多中國人
　　在精神上自大自滿、在性格上愛面子、在思想封建落後等問題。〈阿Q正傳〉
　　創作於1921年12月至1922年2月間，最初分章刊登於北京《晨報副刊》。

41　《唐吉訶德》是西班牙作家塞萬提斯於1605年和1615年分兩部分出版的反
　　騎士小說。故事背景是個沒有騎士的年代，主角唐吉訶德幻想自己是個騎
　　士，因而作出種種令人匪夷所思的行徑，最終從夢幻中醒過來。「風車」典
　　故來自小說主人翁的第二次歷險，他把風車當成巨人，把旅店看做城堡，
　　又把羊群視為敵軍。

故，見功力亦見妙趣。文中「愚蠢底大胆」一語，尤堪玩味、深思。至於劉氏另一篇早期散文〈廣柑攷〉則集中述說廣柑的來歷，述說過程中又穿插相關的歷史掌故，風格又與上述幾篇散文迥然不同：

> 距今一千三百四十三年，有一個喇嘛僧，從遙遠的「白雲故鄉」——西藏，長途跋涉，經由著名的「絲路」，從塔克拉麥干大沙漠，給四川的人民們帶來了第一隻廣柑。據一般攷古家的意思：當時的廣柑樹可能出在印度；不過四川人倒是運用菓樹園的方式從事大量生產的鼻祖。嗣後，廣東忽然也有廣柑出現，傳說是暹邏商人從印度經緬甸安南輸入的。
>
> 據歷史上的記載：歐洲的第一隻廣柑，是葡萄牙水手在這個時候從廣州帶去的。然後再由葡萄牙移植到南歐諸國的田園裏。
>
> 最早的廣柑畫，是羅馬基督會教士約翰弗拉留（John Ferrauirs[42]）為「金蘋果」一書所繪插圖中之一幅。這本書出版於西曆一千六百四十八年。
>
> 後來西班牙的海盜，又把廣柑樹的種子帶到南美洲的巴西國。由於氣候的適度，廣柑在那裏獲得了最完善的發展。一千八百二十年，在巴西的擺哈村，曾經產生過許多質地優良的大廣柑。南非商

---

42 「John Ferrauirs」疑為「John Ferrars」，待考。

人在一千八百四十年從此地將廣柑樹移植到南非洲去；十年後，又有澳洲人來購買種子。

一千八百七十年，巴西把十二株廣柑樹，裝箱運到華府，作為親善的禮物，並置入暖房培植。一千八百七十三年，羅德鐵拔夫人（mrs Lutger C, Tibbot）從十二株廣柑樹中間選出二株，運到加利福尼亞州的「河邊村」去親自種植。不久就產生了世界最甘美而優秀的廣柑，大家紛紛以詫異的口吻詢鐵拔夫人：「這究竟是什麼種？」鐵拔夫人頗為舒閒地答：「華盛頓海軍橘」（即俗稱花旗蜜橘）。題名初意，以其來自華盛頓故也。河邊村的居民[43]因此想把加州中區改稱為「河邊海軍」，結果並未成為事實。

這兩株幼樹，現在雖然已經七十歲了，[44]但是每一個游歷者還可以在「河邊村」看到它們。它們依舊屹立着，讓葱鬱樹葉陪襯着豐美的菓實，呈露着一種[45]極其富於朝氣的現象。其中之一，現在「河邊村」的熱鬧區，蜜欣旅館的草地上；另一株，則在城外蒙古街的盡頭。

---

43 「民」，原稿作「們」，諒誤。

44 上文作者説羅德鐵拔夫人在1873年從十二株廣柑樹中間選出二株，運到加利福尼亞州的「河邊村」去親自種植；下文作者説「這兩株幼樹，現在雖然已經七十歲了」。綜合兩組句子的年份信息，作者在文中説的「現在」該是1943年。查〈廣柑攷〉發表於1947年，但寫作年份會否早在1943年？又或者〈廣柑攷〉曾初刊於1943年？又劉氏此文又會否是譯作？待考。

45 「種」，原稿作「稱」，諒誤。

　　如今大批「華盛頓海軍橘」重複又被送回中國來了。依據農藝專家的意思：浙江省的黃巖區，適宜於種植「花旗蜜橘」。

　　四川的有「華盛頓海軍橘」是一千九[46]百二十三年，當時有一位傳教士從美國帶來了兩株瓦倫西里橘。

　　一千九百二十三年，長江泛濫，這位傳教士從重慶逃難到成都去。在一隻小木船上，他置着一隻箱子，箱子裝着一株幼橘樹。這時候，四川省的情況相當混亂，一連串的水災，土匪盜劫，軍閥和軍閥間的火併，不規則的課稅，使得這位傳教士為着這兩株小樹，遭遇了最大的困難。最後這小船終於抵達嘉定。然而不幸得很，由於江水太急，船身為另一大船所撞，被捲入渦漩，觸礁而沒。船沉了，人死了，可是在兩星期之後，有人卻在江面上找到了這隻小箱子，打開箱蓋一看，才發現那株檸檬幼樹已經連樹皮都因為水的浸蝕而剝落了；而那株小橘樹倒是完整的。這株幼樹後來就繁殖起[47]來，使廣柑成為四川的特產。所以現在我們在街頭巷尾所買到的廣柑，可以說全部都是它的後代。當我們啖着這甘美的四川特產的時候，我們就不得不想起它們

46　此處原稿缺一字，「九」字乃筆者按文理補上。

47　「起」字原稿作「足」，諒誤。

的老祖宗的故事來。

——〈廣柑攷〉

(《故事雜誌》(1947年)〔第1卷第9期〕)

此文筆法雖然穿插了不少「說明」，抒情元素不多，亦不走美文路線，估計是要配合《故事雜誌》對稿件的要求，[48]〈廣柑攷〉包含「民間故事」、「西洋奇事」及「科學介紹」等元素，組合成文而涉筆成趣，無論是筆法或風格，都跟劉氏六十年代所寫的〈淺談錯體郵票〉十分相近，讀者不妨對比而讀。

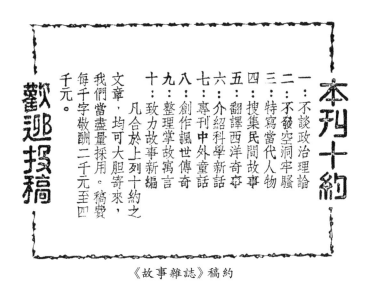

《故事雜誌》稿約

---

[48] 《故事雜誌》的「本刊十約」列明了對稿件的要求：不談政治理論、不發空洞牢騷、特寫當代人物、搜集民間故事、翻譯西洋奇事、介紹科學新話、專刊中外童話、創作諷世傳奇、整理掌故寓言、致力故事新編。「十約」見原雜誌卷末。

■ 小說
──幾篇別具「事證」價值的小說

　　劉以鬯似乎較重視個人的小說創作，他曾寫過一篇長文〈我怎樣學習寫小說〉，縷述個人自中學時期開始的小說創作歷程，當中又涉及小說的篇幅、題材、立意、修訂及技巧，由作者現身說法，很有參考價值。他在文中提及早期在上海、重慶發表過的小說，計有〈流亡的安娜‧芙洛斯基〉、〈山麓的風暴〉、〈自由射手〉、〈羊群和疲憊的牧羊人〉、〈七里嶨的風雨〉、〈地下戀〉（再刊時易名〈露薏莎〉）、〈失去的愛情〉、〈風雨篇〉及〈飢餓線上〉等作品。[49] 筆者在此基礎上再參考其他刊物上蒐集得到的劉氏早期小說，經綜合分析，發現劉氏6篇早期小說作品別具研究意義，值得研究者重視。6篇小說作品是：[50]〈乾魚〉（1934）、〈荒後〉（1935）、〈他們的結局〉（1936）、〈七里嶨高地的風雨〉（1939）、〈花匠〉（1947）、〈夢裏人〉（1947）。

　　筆者特別重視這6篇小說作品在「事證」方面的價值。這幾篇作品，可視為討論劉氏早期創作歷程的客觀論據。

事證一：〈乾魚〉是劉以鬯十五歲的作品

　　按發表日期而言，1934年3月初刊的〈乾魚〉雖或未能

49　〈我怎樣學習寫小說〉見《他的夢和他的夢》，頁338-359。
50　作品分多期連載或重刊者均只算作一篇。

確指為劉氏發表的第一個微型小說，[51] 在此之前或許還有其他尚未「出土」的初刊作品，但可以據此肯定，當時劉以鬯只有十五歲，[52] 以此對比劉氏在 2015 年 2 月 8 日為《劉以鬯文集》寫的〈致讀者〉中「我十八歲始發習作」的話，[53] 似未符客觀事實。又劉氏在微型小說集《打錯了》的自序中說：

> 從 1945 年發表〈風雨篇〉到 2000 年發表〈我與我的對話〉，我寫過不少微型小說。[54]

證諸事實，同屬微型小說的〈乾魚〉(1934)，較劉氏提及的

51　〈乾魚〉全文約 1200 字，篇幅分類定為「微型小說」。極短篇小說又稱為「小小說」、「微型小說」或「掌篇小說」，劉以鬯慣用「微型小說」，如：(1)《劉以鬯自選小說選集》(天津：百花文藝出版社，2001) 第二輯為「微型小說」；(2)《打錯了》(香港：獲益出版社，2001) 的自序中說書中七十篇作品都是「微型小說」。「微型小說」字數多在二千或以下。

52　劉氏 1918 年 12 月 7 日出生，〈乾魚〉發表時為 1934 年 3 月，創作當更在 3 月之前，作者歲數周年未過，故說當時作者「只有十五歲」。

53　劉氏的〈致讀者〉手跡原件複印及文字過錄，見《城市文藝》第 96 期 (2018 年 7 月)。類似的說法還見諸劉氏其他文章，而論者亦多以劉氏的說法為據，如東瑞〈小說魔術家劉以鬯〉：「2002 年獲益出版社出版《我怎樣寫作》(東瑞、瑞芬編)，廣邀港、澳、台五十位著名作家共寫創作心得，劉以鬯就寫來一篇兩千字的、非常精彩的〈「娛樂他人」和「娛樂自己」〉，排在目錄之首。該文的第一句話如此寫：『從 1936 年發表第一篇短篇小說到現在，我一直在學習寫作，主要寫小說。』看，十八歲就開始寫小說的劉以鬯，那樣謙虛，為寫小說探索和學習了近七十年！」〈小說魔術家劉以鬯〉，見《大公報》2018 年 6 月 22 日。

54　《打錯了》劉以鬯自序，頁 16。劉氏說〈風雨篇〉發表於 1945 年，筆者翻查材料，〈風雨篇〉曾發表在 1946 年 5 月 8 日的《和平日報》上，同年刊登於《和平日報》的作品尚有〈木匠的故事〉(6 月 2 日)、〈霧夜陋巷〉(6 月 4 日)、〈西苑故事〉(6 月 7 日)、〈夢裏小記〉(6 月 20 日)、〈無聲的交響樂〉(6 月 23 日)、〈賣笑女〉(8 月 4-6 日連載)。至於〈風雨篇〉會否初刊於 1945 年？又抑或是劉氏把「民國 35 年」誤記為「1945」年？筆者於此未能下定論。

〈風雨篇〉發表日子整整早了十年。此外,〈乾魚〉的「農村」元素也值得注意。2018年7月15日《眾新聞》採訪羅佩雲(劉以鬯妻子,1935-),訪問中羅佩雲說劉以鬯不寫「中國農村的故事」:

> 劉太表示,劉以鬯雖然很欣賞蕭紅的文學作品,但卻不會受蕭紅影響而寫作有關中國農村的故事,「佢講過話,佢想過試吓寫,但唔會俾自己寫,因為佢喺上海長大,一直以嚟都喺城市生活,又未試過農村生活,佢話冇親身經歷嘅,點寫都唔會好睇,所以佢一直都唔俾自己寫呢樣。」[55]

但〈乾魚〉(以及翌年發表的〈荒後〉,詳後)都明顯是「中國農村的故事」。

〈乾魚〉寫一位老農遭受欺壓的故事,氣氛異常蕭殺沉鬱。若以之對比成稿、初刊年期相若的蕭紅(1911-1942)的《生死場》,[56]不難發現兩個作品都是「中國農村的故事」,兩個作品同樣反映、描寫了農民貧苦無告的日常生活:

---

55 訪問稿由曾港深執筆,題目是「劉以鬯未完心願」「妻:一部構思多年的電車小說」,網上材料,發佈日期為2018年7月15日,紙本材料筆者未見,筆者於2018年8月15日下午4時在網絡上瀏覽。又如盧瑋鑾〈淺論劉以鬯與香港文學的血脈關係〉:「通過無數訪談,大家都知道劉以鬯在上海,是以不寫農村而寫租界為題材作寫作起點的。」盧文見周潔茹編:《期頤的風采》(香港:香港文學出版社,2018),引文在頁35。

56 《生死場》創作、成稿於1934年,小說前半部分曾於1934年4月至6月在《國際協報》的《文藝》周刊上連載。

是村底盡頭。

祇有幾間靜寂的陋屋和幾棵垂死了的老樹。襯這沉黯的天空。

在那無止境的黑暗裏。雪團正在沙沙地灑落着。薄霧和坎煙匆匆地由地上升起；從高處鋪下。——被北風趕着。

這時一切是籠罩在朦朧裏，顯得異常寂寞。

雖然在遼[57]曠的田野裏，偶而現出一二行人的影蔭來，或是幾匹牛兒和幾輛車[58]子緩緩的走過，可是，對於這沉寂了很久的空氣，是沒有多大影響的。

然而，突然在黑地裏發出了一種雜沓的龐亂的聲響，像電鈴那麼沒有節奏。

是一團人影在平野中心的雪畦上圍着。

被圍着，罵着，趕着的一個，是個身材小小的老農夫，那件零亂的破衣披在他身上。一條補綻的單褲，繫得太壞，簡直一點沒有樣子。

而且，那張搭上了一層虛汗的臉孔，像是病得很利害的模樣。定住了那雙嵌滿了紅絲的眼珠，抖顫地站着。

「喂！好好兒吧！」有人這麼喊。

老的像沒注意到。

57　「遼」，原稿作「瞭」，諒誤。

58　「車」，原稿作「軍」，諒誤。

「你的娘！為什麼？死了嗎？」另一個放大了喉嚨打趣他。

「呃……」被圍住了的老農更抖得可怕。

「呵呵！老昏奴簡直醒不回！呵！」

「……」他繼續半個字也不吐，捏緊了心火和憤恨，因為已經找不到時候可以對他們洩恨。

「媽的！假裝！真的閻王老子在等着你了。來吧！給顏色他看！瞧他再假裝！」

說罷，果然有許多人揪住了那老的，往地上一摔，揪着他的花白頭髮在泥雪上擦着，還吐些唾沫在他身上。

「他媽的！你們這班人……要什麼才好呢？……咱的老婆被你們日本老爺也睡了好幾夜……咱的孩子也被你們打得青腫了臉回來……而且咱的乾魚也全被你們搶了去……咱的……唉！唉！你們這班狠心的人呀！……要什麼才好呢？」那老的真的火透了，把喉嚨都叫啞了。

「哈哈！——哈——」

老的倒在泥雪上抽着長而且急的呼吸，吊着一個餓尖了的下巴望着他們。

雪光黯黯地映在那些陰晦得可怕的臉孔和許多猙獰着的眼珠上，然像是一羣發狂了的人們似的。

尖刺樣的寒風，在那班人的頭上像鼻子呼吸般的掠過；大塊的雪片，抨擊着他們的臉孔；潮濕的

冷氣，侵着他們的骨髓，但是，那些像發狂了的人們，決不會顧到這些，並且還很沉重地用着他們沾滿了泥雪的腳踏着老的。

喘氣。沒表示。那老的。

於是他們開始更利害的詛[59]咒了，在雪畦上搗着那些打人的棍子。每一個全是眼睛裏射出火星來，擎起握着的拳頭，預備打老的，咳清了喉嚨吐在他身上。

那老的，將牙齒用力咬着嘴唇，在這種不能發洩的憤怒之下，祇得把身子向裏縮緊。

而且那雙死沉沉的眼，不住的向着自己身上無力的迴轉着。

「啊！⋯你們⋯⋯你們這班人⋯⋯要什麼才好呢？」

「又假裝！呵呵！要的是你停在口子上的二只漁船兒哪！」

「你們老爺⋯⋯有的是⋯⋯錢⋯⋯是勢⋯⋯要什麼⋯⋯咱窮人的二只破船兒呢？」

「多嚕囌什麼！快答應下來！不然⋯⋯」

「那⋯⋯那⋯⋯不⋯⋯」

「什麼？不答應？」

火透了。

---

59 「詛」，原稿作「咀」，諒誤。

接着又不一陣子的抽打。

那老的嚇得簡直不知怎麼幹了，衹是溜着一雙受驚的眼，向四面圍着的固定而怕人的臉兒瞧。

那班人又詛[60]咒了一陣。終於走了。

黑地裏那種雜沓的龐亂的聲音，立刻也就消滅了。

雪還在灑。

因為這裏附近地方的沉寂，所以雪也儼然像大了一些。

——〈乾魚〉

（《晨風（上海 1933）》（1934 年）〔第 4 期〕）

故事中「小小的老農夫」在雪夜遭到一幫「有錢有勢」的人欺壓，老農夫的妻子遭到凌辱，兒子遭到毒打，而「乾魚」也遭搶個清光，「有錢有勢」的人還不放過老農夫的兩條破船。老農夫受到如此殘酷的對待，為甚麼沒有人施以援手呢？故事收筆處似乎已有答案：「因為這裏附近地方的沉寂，所以雪也儼然像大了一些。」收筆處用上了「因為」和「所以」，是強調因果的關係：因為「沉寂」，所以「雪也儼然像大了一些」。這組句子表面看來是不合理的，但若說「沉寂」就是眾人沉默，沒有群起來反抗，而「雪」代表了欺壓百姓的惡勢力；那該是作者深刻的寄寓，甚或是融情入景的筆法了。而

---

60 「詛」，原稿作「咀」，諒誤。

把老農夫所說的「咱的老婆被你們日本老爺也睡了好幾夜」一句，重置於上世紀三十年代滿洲國成立前後的歷史背景下細讀細味，這確是反映現實的深刻筆墨——而當時作者只有十五歲。[61]

乾魚

是村底盡頭。

紙有幾間靜夜的陋屋和幾棵萎死了的老樹。濃迷沉鬱的天容。

在那無止境的黑暗裏。寫開正在沙沙地灑熱着。漠北風趕着和坎坷匆匆地由地上升起；從高處循下。

時一切都是陰鬱在臉膛裏，顯得異常寂寞。

進然在晚間的田野裏。偶面現出二行人的影踱來。對于這沉寂了很久的窄氣，是沒有多大影響的。

然而，突然在黑地裏騰出一種雜杳的旋亂的聲音。

像初那應沒有稀泰。

是一團人影在田野中心的雪堆上嚷着。

被劉者，見若；趕若的一個，是個身材小小的老農夫，那件窄藏的破衣披在他身上。一簇補綻的單衲，緊得太，簡直一點沒有樣子。

而且，那發接上一層連汗的臉珠，像是病得很害的樣子。定住了那雙嵌滿了紅絲的眼珠，抖顫地站着。

嗯，好好兒吧。白天遠麼嘛。

老的像沒注意到。

你的娘，幹什麼死了嗎？另一個放人了嘴嚏扣趄他。

一呢。……

呵呵！老爹奴隸的帽不同！他繼續低問字也不吐，但掌子心火和惱恨

媽的！假裝，真的渴非老子在等着作呀！米哩！給他色他若……媽媽已經找不到時候可以對他們沒恨

媽的！果然有許多人抓住了那老的，付地上一神，抓着他的花白頭髮在泥雪上擦着。

「他媽的你們這班人……整什麼幾好呢？……咱的老婆被你們日本老爺也睡了好幾夜……咱的孩子也被咱的打得吉腳了臉回來。……而且咱的乾魚也今被你們搶了去……咳！咳！你們這班狠心的人呀！……要什麼才好呢？」那老的臾的火遠了，把喉嚨都叫啞了。

合合！……字

《晨風（上海1933）》（1934年）〔第4期〕

61　劉氏1918年12月7日出生，〈乾魚〉發表時為1934年3月，作者歲數周年未過，故說「當時作者只有十五歲」。

事證二:〈荒後〉是劉以鬯十六歲的參賽作品

〈荒後〉(1935)的發表形式較為特別,值得注意。

〈荒後〉在《國民文學》發表時,題目下有「第四名」的標註,而作者「劉同繹」的署名上則另有「上海大同附中高中一年級」的附註說明,[62]這篇小說應是校際徵文比賽的得獎作品,作者當時十六歲。[63]同期刊物上「中學園地」欄目下同時刊登了其餘幾篇得獎作品,即:「河北保定中學初三劉蔭松」的〈舊年前〉(第二名甲);「河南省立開封高中楊東海」的〈寺莊村之夜〉(第二名乙);「省立福州高級中學李學驊」的〈初試〉(第三名甲);「河狀小學張錫澤」的〈冬夜剪影〉(第三名乙)。

〈荒後〉的主調和風格,與〈乾魚〉十分相近,兩個作品都寫農村中的老百姓受欺壓,而背景也是蕭殺的雪夜,調子異常沉鬱,讀得人透不過氣。故事分為四個段節,第一節是:

一

佐伯伯吹熄了燈,同他們一齊去了。

他們一個個偷偷地走過低的草屋。這些草屋,沿着路徑列着,像賣糖的老婆子做倦了休息的樣式。

阿倉和佐伯伯領前,他倆時時低聲地吩咐後面,接着就有人離開了人羣,跑到人家的窗門前,

---

62 劉以鬯原名「劉同繹」。

63 劉氏1918年12月7日出生,〈荒後〉發表時為1935年6月,作者歲數周年未過,故說「作者當時十六歲」。

用較輕的拳捶着。

「時間到啦！喂——」

於是草屋裏的燈火就突然的熄滅，門「呀」的一聲開了，出來的那個黑影，就不聲不響的加入人羣。

正是殘冬時節的夜。——冷，潮濕，多風。

雪，如騷亂般的衝來，一落在那般人的頭鬚和臉孔上，便黏黏的潤濕了。跟着，就覺到冷的震抖滲透他們，正像鞭在抽着樣，使他們行走得益發接緊了。

沉重的腳步，在冰結的雪片封着底路徑上踏着。沒有人敢換氣或是咳嗽。

好久之後，他們往曲角轉個彎，便望見了那座村裏最高大的房屋。

終於到了。阿倉[64]偷偷地走到罩了水氣的窗版前，向裏面窺望了一番。一會他顛了顛頭，吩咐他們停留在門外，等待機會，自己和佐伯伯先進去。

這一節先交代阿倉、佐伯伯連同一班村民，在雪夜前去「村裏最高大的房屋」。作者先營造懸念，氣氛有點神秘。到底這班村民要找誰？又要解決甚麼事呢？故事的第二節有明確的交代：

64　原文僅此一處作「阿蒼」，其餘九處均作「阿倉」。今依上下文統一作「阿倉」。

二

門「砰！」的一聲，突然開了。接着二個像從水裏拖起來的狗樣底人擁了進來。

施老闆見到了他們。

他不自然地把羹匙浸到碟子裏，喃喃地帶着譏諷的友誼說：「哦！哈哈！請坐！請坐！阿倉哥！佐伯伯！」

但沒有人坐下，也沒有人致候。

阿倉走近桌邊，厲聲的向施老闆說：「告訴你！前次——」

沒等說完，施老闆就插上說：「唔！我知道了，來！來！慢慢再說，慢慢再說。咱們一道喝一杯吧！哈哈——」

「……」

「真的：今年秋收平均祇有三成，因此『米』的進價也成了問題。這是事實。」施老闆擱下飯碗正經的說。

「施老闆這才算是明白人囉！咱們就為了這個緣故，來放開了膽子同老闆商量哪！」

「……」

施老闆答不出話兒來，祇是無決斷地搔着頭。

屋內立刻就沉寂下來了。唯一能聽得的就是：施老闆的羹匙刮着碗底聲響，以及門外那羣農人正在蹈去靴上的污泥的腳步聲。

「你們還有人在門外嗎？」他用手旋着燈火，旋起了又旋下。

「是！」又低又重的聲調。

「到底怎樣？」輕蔑地瞟了一瞟。

「別假裝！」一個可怕的口吻。接着阿倉踏上一步，臉上肉塊全脹了起來，定住眼珠，展開他的手臂提起近旁的那只瓷碗，向洋燈丟去。

火滅了。

接着一大批農人又衝了進來。

他們圍繞着施老闆，在暗淡的光線之下，每個都抽着長而粗的呼吸，不作聲。

施老闆給嚇怕了，筋肉開始發跳。

「『米』答應下來吧！」阿倉輕輕地走近他身邊，低聲說。

農人們在不耐煩的拖着腳，搖動握着的拳頭。

他抖顫地向四面的固定而可怕底臉瞧。一個個的。

「不！──」他終於咆哮了，一張啞了的喉嚨，像只野獸，忽然間跳了起來，用拳頭打着近旁的那些人，開始想從人羣裏打開他的出路。

於是農人擠集得更緊了，手裏底打人的傢伙，像雨般向他頭上落下，幾十只手抓住他的頭，頸，腳，從地面擎起，又被摔下。

風潮便驚動了全屋子。

　　一陣子的混戰，叫喊聲，亂打聲……枱子[65]，櫈子飛向各方面。

　　幾分鐘後——

　　那班人全擁跑了，在屋子裏什麼都沒有，只是黑沉沉的不像東西底一堆，冒着一蓬血嘔的氣息。

　　女人們躲在屋角裏，見到這不成樣子的家，全都嗚嗚咽咽的哭泣着。

　　一般施老闆的傭人在地板上滾，不住地發出詛咒的叫喊。

阿倉和佐伯伯是與施老闆談判的代表。米價遭到施老闆從中壓低剝削，農民忍無可忍，大雪之夜聯群結隊向施老闆討回公道。最終是眾人把剝削民脂的施老闆痛打一頓，讀者亦頓感「大快人心」之同時，故事的第三節交代了另一個在「大快人心」後的殘酷現實：

　　　　三[66]

　　是第二天的早晨——空氣濃密地帶着一種寒冷天色的霧。彷彿碎紙一般的雪，紛紛地下着，田野，僅浮着一片浩茫的雪地，和一道泥渣的黑路，一輛馬車就停滯在這路上。

　　阿倉坐在車裏，鐐着手銬。

65　「枱子」，原稿作「台子」，諒誤。
66　分節標示按序列應為「三」，原稿作「二」，諒誤。

老▲[67]站在泥路邊，沒有雨傘。送行自己。

她亂散的頭髮蓋着蒼白的臉孔，牙齒咬着灰色的嘴唇，手抓衣襟，用帶淚的眼珠，凝視着。

兩個孩子站在身旁，鬧。赤着腳，衣裙全如從泥濘中拖出來的一樣，早就濕透。還有一個未滿週歲的孩子在懷抱裏飲乳。

「這回我們待着你回來。」老婆領了孩子，走近車子。

阿倉繃住了臉，將握着的拳頭，用力的打他鐵樣的胸膛。

「好好的努力吧！」淚和話同時迸了出來。

老婆靠着馬車深深地點頭。

「……」兩人沉默着，帶淚的眼互相望住。

「去吧！」老婆咬緊牙關，迸出這麼一句。

「好！再見！孩子——爸去了。」阿倉摸摸兩個孩子的抖顫的頭，接着又裝了個笑臉，和在老婆的腕上垂下的小兒子搖搖手。

「……」

駕駛者立刻便亂七八糟[68]的鞭打着瘦馬的屁股。

像騷亂的鳴聲一樣馬車給瘦馬拖着，在高低不平的黑路上不住地搖擺。那祇有聲音的高響，走卻

---

67 原稿沒字，空了一字位，▲疑為「婆」。
68 「糟」，原稿作「槽」，諒誤。

不見快。

如死去了復生的態度，她歸還了自己。

她見到那車向曲角轉彎，往佐伯伯家那條路上馳去。

阿倉因打傷了施老闆，翌日即被鎖拿，與妻子和孩子分別時，妻子説「這回我們待着你回來」，但阿倉沒有正面回答，只説「好好的努力吧」；不知是生離還是死別。阿倉的下場到底如何？故事的第四節用「聲音」交代：

四

在阿倉抓去了不久的一個晚上。

夜深了。

村裏突然起了一陣恐怖的鐙鑼聲。

是一種強烈的騷動，幾百條黑影兒在擁着。

一會，槍聲起了。（可怕的）

「天哪！——阿！……倉！……」

一個女人倒下了。

三個孩子在叫喊。

——〈荒後〉

（《國民文學》(1935年)〔第2卷第3期〕）

作者別出心裁，不用畫面交代故事的結局，而是用聲音引發讀者的聯想。阿倉被捉拿後的某個夜晚，「村裏突然起了一陣恐怖的鐙鑼聲」。鐙鑼，在深夜響起，那陣陣由木棍敲擊

銅盤的聲音，在深夜引起村民的「騷動」，那該是行刑前的預
報。過了一會兒「槍聲起了」，讀者已估計是阿倉遇害了。作
者簡潔地收筆：「一個女人倒下了」，是指阿倉的妻子；「三
個孩子在叫喊」，是指阿倉的三個孩子。

　　若對讀劉氏的〈乾魚〉和〈荒後〉，會令人感到那個時代
農村的百姓真是難以過活。〈乾魚〉中的老農算是逆來順受，
但最終只是遭到更惡毒、更徹底的欺凌；〈荒後〉的阿倉算是
作出了合理的反抗，但最終是遭到殺身之禍。老百姓在苦難
的時代，在啞忍與反抗之間作出決定，其實是兩難的決定。

《國民文學》（1935年）〔第2卷第3期〕

事證三：〈他們的結局〉比 〈流亡的安娜·芙洛斯基〉更早發表

〈他們的結局〉——篇幅與〈流亡的安娜·芙洛斯基〉相若的短篇小說，[69]在「發表追跡」上別具參考價值。事實上，追尋一個作家的「發表起點」，[70]是研究者的責任。

劉以鬯是香港重要而多產的作家，整理劉氏作品篇目的成果如〈劉以鬯著譯繫年〉及〈劉以鬯作品年表〉，是較多研究者引用的參考材料。〈劉以鬯著譯繫年〉包含發表與出版項目，但只著錄劉氏到港以後的作品，[71]而「嶺南大學人文學科研究中心」整理的〈劉以鬯作品年表〉，[72]則主要以著錄書籍為主，因此，1948年在上海出版的中篇小說《失去的愛情》在「年表」中就成了劉氏個人創作歷程上的一個重要「起點」。可是，以「書籍」作為編訂作品年表的單位，缺點是不夠仔細，倘以「篇章」為單位，則參考價值會更高。以劉以鬯在上海出版的《失去的愛情》為例，是劉氏創作的「出版起點」，卻並不能完全等同其創作的「發表起點」。[73]

---

69 〈他們的結局〉字數約三千七百餘字，〈流亡的安娜·芙洛斯基〉字數約三千一百餘字，故說兩篇小說篇幅相若。

70 為了討論焦點更集中、更清晰，本書使用「發表起點」這個用語，意思是不包括作家未發表的稿本。

71 見梅子、易明善編《劉以鬯研究專集》（成都：四川大學出版社，1987），頁359-384。

72 見《現代中文文學學報》（2010年）〔第10卷第1期〕。另一同篇名的〈劉以鬯作品年表〉則刊於《臺港文學選刊》（1991年）〔第11期〕。

73 例如〈失去的愛情〉初刊時分兩期發表，分別刊登在《幸福世界》（1947年）〔第1卷 第11期〕、《幸福世界》（1947年）〔第2卷 第1期〕；1948年才正式成書出版。

　　劉以鬯既以小説為其創作的主要成就，其小説的「發表起點」，一向受到讀者、研究者甚至作者本人的重視。1980年《開卷月刊》雜誌訪問劉以鬯，直接就「發表起點」問過劉氏：「你的處女作是哪一本作品，獲得成功嗎？」提問雖傾向「出版起點」（「哪一本作品」），但劉以鬯的回答卻兼顧了「發表」與「出版」兩個概念，交代的是「小説」的「發表起點」；劉氏的回答是：

　　　　我第一篇小説是在讀初中時寫的，登在朱旭華先生編的《人生畫報》上，寫得很幼稚。第一本單行本《失去的愛情》，於1948年10月出版，是一篇三萬多字的小説，靈感得自一本奧國小説，不能算是創作，雖曾搬上銀幕，卻是十分幼稚的。[74]

《失去的愛情》是劉氏出版第一個單行本，而劉氏提到那篇「登在朱旭華先生編的《人生畫報》上」的小説，即〈流亡的安娜·芙洛斯基〉，九十年代他在《劉以鬯卷》（三聯版）的自序中再一次清楚地確認這篇「少作」的「最早」身分，而且進一步強調這是「最早的短篇小説」，他在自序中說：

　　　　我從小喜愛文學，在初中讀書時，為了學習寫作，加入「無名文藝社」與「狂流文藝會」。從那時起，除編壁報外，還胡亂寫些東西投給報刊。在這

74　〈劉以鬯談創作生活〉，載《開卷月刊》（1980年）〔第3卷第5期〕。

些習作中,〈流亡的安娜‧芙洛斯基〉是我最早的短
篇小説。[75]

看來劉氏對〈流亡的安娜‧芙洛斯基〉印象特深,而且頗為
重視。他曾託請陳子善幫忙,為他尋找這篇「少作」的下
落。[76]當然,劉氏也許是把「寫作」和「發表」分開來講,「寫

75　《劉以鬯卷》(三聯版),頁1。

76　託請之事詳參劉氏在《劉以鬯卷》(三聯版)的自序,序文在1990年撰寫:
「今年三月,陳子善先生從上海到香港來參加『第二屆現、當代文學研究
會』(筆者按:「研究會」疑是「研討會」),我託他回滬後為我尋找這篇
小説。他點點頭,説:『我一定盡力去找。』過了兩個月左右,他將我在
五十四年前寫的三篇少作寄來了。其中,〈流亡的安娜‧芙洛斯基〉發表
於朱血花(旭華)先生編的《人生畫報》(二卷六期,一九三六年五月十日
出版),寫一個白俄女子的困境,四千字左右,有三幅插圖,是漫畫家華
君武畫的。華君武的插圖畫得很好。我的小説寫得很壞。我寫這篇東西
時在大同大學附屬中學讀書,十七歲。」見《劉以鬯卷》(三聯版)頁1。可
是序文中「十七歲」創作〈流亡的安娜‧芙洛斯基〉的説法,與其妻羅佩雲
的説法有出入。羅佩雲在2013年接受記者訪問時,也談及〈流亡的安娜‧
芙洛斯基〉,她説:「他十五歲就寫了第一篇小説,發表在上海的《幸福畫
報》(筆者按:應是《人生畫報》)上……」,當時劉以鬯也在訪問現場。羅
佩雲説法見〈寫小説就是要寫到與眾不同〉,載《深圳特區報》,2013年7月
30日。又劉氏的序文中提到陳子善把劉氏「五十四年前寫的三篇少作寄來
了」,但劉氏只重點談及〈流亡的安娜‧芙洛斯基〉,其餘兩篇到底是什麼
作品,未詳。陳子善在〈初見劉以鬯先生〉也有這段1990年3月研討會的回
憶片段,陳氏説:「這次拜訪有一個意外的收穫。劉先生談到他的少作,
有一篇短篇小説,刊登在上海《人生畫報》,香港找不到。這《人生畫報》,
我也是第一次知道,但既有明確出處,應該並不難找。我回上海後,很快
就在徐家匯藏書樓所藏的《人生畫報》1936年5月10日第2卷第6期上找到
了劉先生這篇〈安娜‧芙洛茨基〉(筆者按:即〈流亡的安娜‧芙洛斯基〉,
下同),選配了華君武的三幅插圖,就馬上複印寄給他。〈安娜‧芙洛茨
基〉『寫一個白俄女人離鄉背井流轉到上海的生活』(劉以鬯:〈我怎樣寫小
説〉),是劉先生的處女作。」與劉以鬯的「三篇」説法略有出入,待考。陳
子善:〈初見劉以鬯先生〉,載《新民晚報》,2018年6月23日。

作第一篇小說」並不一定就是「發表的第一篇小說」。[77] 但易明善在《劉以鬯傳》中即據劉氏的說法，說〈流亡的安娜‧芙洛斯基〉是「劉以鬯在報刊上發表的第一篇小說」。易明善說：

> 1936年5月，17歲的劉以鬯正在上海大同大學附屬中學讀高中二年級的時候，寫了一篇短篇小說，他的同學，後來成為著名漫畫家的華君武，拿給朱血花（旭華）編的《人生畫報》上發表了。這篇題為〈流亡的安娜‧芙洛斯基〉的短篇小說，署名是他的原名劉同繹，有華君武的三幅插畫，這是劉以鬯在報刊上發表的第一篇小說。[78]

經劉氏自述而復經易明善在《劉以鬯傳》中的轉述，視1936年初刊的〈流亡的安娜‧芙洛斯基〉為劉氏短篇小說的「發表起點」幾乎已成定調，目下的主流說法指劉氏發表的第一篇短篇小說是〈流亡的安娜‧芙洛斯基〉，以至在劉氏身故

---

77 「第一篇小說」到底是指第一篇發表的小說？還是第一篇創作的小說？各論者在表述時見含意模棱，如潘亞暾在〈創新培苗橋梁——訪香港作家劉以鬯先生〉中也提及〈流亡的安娜‧芙洛斯基〉，說「不久他的處女作短篇小說首刊於朱旭華主編的《人生畫報》上」，潘文見《華文文學》（1987年）〔第3期〕；陳賢茂在〈劉以鬯的文學之路〉說「他的第一篇短篇小說是〈流亡的安娜‧芙洛斯基〉」，陳文見《華文文學》第1期（1992年）。復如《城市文藝》（2018年7月）〔第96期〕的「劉以鬯先生紀念專號」選刊了劉氏三篇作品，其中一篇就是〈流亡的安娜‧芙洛斯基〉，雜誌的編後記交代選刊原因，正是由於〈流亡的安娜‧芙洛斯基〉是劉以鬯的「處女短篇小說」，「處女短篇小說」一句未知有沒有「發表」的意思在當中。

78 易明善：《劉以鬯傳》（香港：明報出版社，1997），頁5-6。

後，悼念或評論文章均持此說。如2018年6月10日《明報》悼念劉以鬯專輯有條列劉氏作品的表格〈百年大樹的年輪略觀〉，表格中「1936」欄目下有「開始寫作，發表首篇短篇小說〈流亡的安娜‧芙洛斯基〉，刊於《人生畫報》」的記錄。又如周潔茹（1976-）在〈接續香港文學命脈〉說劉氏「17歲時，他發表第一篇短篇〈流亡的安娜‧芙洛斯基〉，登上文壇……。」[79]

要為「劉以鬯發表的第一個短篇小說」找出答案，並不容易。初刊作品的散佚甚或個人翻檢材料的種種疏忽與局限，都會導致結論出現偏差，但既然已有主流成說指〈流亡的安娜‧芙洛斯基〉是劉氏發表的第一個短篇小說，則如能找到比〈流亡的安娜‧芙洛斯基〉發表得更早的短篇小說，即可以更新舊說；新說法雖或未能直接點出劉氏的「發表起點」，但起碼是進一步逼近「發表起點」，在追跡溯源的理性考察上，作為階段性的考察成果，還是很有意義和價值的。

查〈流亡的安娜‧芙洛斯基〉刊載於1936年《人生畫報》第2卷第6期5月號（5月10日出版），而劉氏的短篇小說〈他們的結局〉則分兩期發表於《時代知識》1936年第1卷第4期（2月25日出版）及《時代知識》1936年第1卷第5期（3月10日出版）上，那是說，〈他們的結局〉初刊較〈流亡的安娜‧芙洛斯基〉早兩至三個月。據此，舊說劉氏發表的第一篇短篇小說是〈流亡的安娜‧芙洛斯基〉，並不符合客觀事實。

79　周潔茹：〈接續香港文學命脈〉，載《財新周刊》（2018年6月18日）。

　　劉以鬯本人為何一直都沒有提及〈他們的結局〉呢？「忘記」是一個可能，「不滿意」也是另一個可能；結論如何？材料擺在眼前，有待各專家、各研究者以事論事，深入探討。這篇作品較具「城市與社會」元素，與為人熟知的〈流亡的安娜‧芙洛斯基〉的「異國情調」大異其趣。[80]〈他們的結局〉起筆略帶懸疑，主要為下文埋下伏線：

　　　　　　　　一

　　街上充滿着噪音和電油的臭味，在中國街僅有的幾盞路燈下，有個渺小的影子在蹣跚地移動着。

　　是一個年青人，剛從賭場裏出來，輸掉了未婚妻的一只金剛鑽戒，他詛[81]咒自己胡塗，因為這東西是訂婚用的。

　　他靜靜地拐進一條簡陋的胡同，出來就是那爽朗[82]的維多利亞街，街燈高高地正照在那南國的夜空中。高貴的芳香的淑女和紳士們在燈下闊步，黃瘦的男女在蔭影底悄悄地走着。

　　做着種種空想，險些兒給那輛簇新的 DE SOTO 接吻了。

80　「異國情調」一詞乃借用劉以鬯在〈我怎樣學習寫小說〉的話，劉氏在談及〈流亡的安娜‧芙洛斯基〉時說：「寫白俄女人，無非想在小說中加一些異國情調，使小說能夠有一些新意，跳出窠臼。」〈我怎樣學習寫小說〉，見《他的夢和他的夢》，頁339。

81　「詛」，原稿作「咀」，諒誤。

82　「朗」，原稿作「郎」，諒誤。

「豬玀！」給坐車子的罵了一聲！

不理會他，從先刻沉思，臉孔像石膏似的透着蒼白。

突然，腳步站住了，在飯店的門前。近百輛的摩托卡露出豐艷的背脊，像圍着的兵隊，很嚴重的排列在飯店的四週。顯然這是一個壯大的 HOTEL 了。

他的兩頰似乎輝耀着新生似的。又邁進了飯店的玻璃門。

大客廳中是華麗的跳舞會。

浸在這廳裏高[83]是一大羣喝喊士忌的醉漢，嚼唥巴古[84]的煙精，和談淫褻之行的上流浪子。對啦！正是一大批沒靈魂的人們哪！

他坐下了。

一杯茉莉茶。跟一盤鯉魚做的酥餅。

名匠創造出來底古風的舞曲和半裸體的上等淑女們合拍着南歐式的華爾斯（WALTZ）底調子。

面對着他的那張桌子上，有一位頰色帶黑的美麗的女郎和一個佩着金襟章的警長在乾着香檳酒的杯。警長的臉貌並不漂亮，却也不難看，不十分肥，可也不十分瘦。一點兒也不錯，準是坐 DE SOTO 罵自己豬玀的那個王八喲！

---

83 「高」字疑是「都」字。

84 「巴古」疑是「古巴」。

可是，當他注意到那女郎身上時，詫異事來啦！

「這……正是我的，妻呀；」

接着，女郎指間夾了一只墨西哥風的肉包子送進警長的嘴裏。還拋了迷人的一眼。

王八謎昧地哂笑[85]了，

這真使他太模糊了，到底她是不是她，他相信是不會的。

然而，這女郎的樣兒也簡直太像她了。瞧！那件紅色的薊花圖樣的立襟女服，不是她是誰？

天哪！這是什麼一套？！

妻竟在警長領子上，扭了一把啦！

受了這尖銳的一擊，使他如流產般的痛苦，不能發洩的悲哀在身軀上像發狂了一樣的迴繞着。於是週身的筋肉全都緊張了起來，開始發抖地戰慄了，好似那黑人樂手的SAXOPHONE底癲癇性的調律樣。那雙發了燄的眼球不住地注視着舞廳中央；那是一片光滑的地板，反映着四週椅桌和人底綜雜的影子。

空氣裏的強性酒精味，給人們浸在高度的興奮中，因此血脈開始非常的跳動了。

動人底音樂麻不痺了[86]這失意的人。

---

85 「笑」，原稿作「哭」，諒誤。

86 「麻不痺了」疑是「麻痺不了」。

按不住神經的跳躍和心坎中情感的沸騰，使他一刻也不能安寧。

像吞了鐵釘一樣，在情感的壓迫下，他失去理智，身體要潰碎了。終於猛的站了起來，沒知覺地奔過舞場的中心，一只脹滿了青筋的手，抖抖地在摸索後插袋。

內心熱湯般的滾了起來，心頭一跳，腦海就昏沉了下去。

「砰」……

槍彈出了彈道。

一個穿着白衣僕歐倒下啦！警長僅是受了一個虛驚。

全飯店在顫抖了。──

一大批濃艷的歌女們，都睡衣紛亂的樣子，迷人的秋波裏露着無限的恐怖，慌忙地衝到點着紅燈的太平門來。

高貴人仕們的呼吸全都停止了。移動着的腳不知擠向那裏去好。

沒有人敢近那拔槍的人，同時也沒有人敢近飲着彈子的人。

一會，巡警趕來了。慌張地尋找那出事者。

終於，犯罪的給手銬鐐了起來。

突然，一只強有力的手臂摑住了他的肩膀。

「菊夫……」這是蜜子（他的未婚妻），剛才跟警

長在乾香檳酒杯的那個。

她呆呆地望着他。

好像她所有的感情都由那失了規度的，大大地膛着的眼裏消滅了一樣。那張無表情的臉，無感覺的臉，顯着她是無限的抱歉[87]的。

但是，菊夫對她祇是冷冷的一眼。

「我將怎樣呢？」蜜子這樣地想着。

菊夫輸掉了訂婚鑽戒，卻在豪華的酒店的舞會上看見未婚妻蜜子與警長親熱，混亂中開槍擊斃了一名侍應，菊夫最終被巡警捉拿。故事的第一節頭緒紛繁，而且各個小節都看似零碎而欠聯繫，亦因為如此，讀者的閱讀興味就更濃了。故事的第二節場景一轉，由衣香鬢影的酒店舞會，以類似「蒙太奇」的拼貼剪輯手法，接換到北方一個冷寂的村落底盡頭：

二

在北方一個冷寂的村落底盡頭。

山的大邊，有一所簡陋的農家小屋，周圍攢聚着兩三間別的茅舍，從老遠就可以望見的。

這是老婆子華吉嫂底家。

華吉伯在民國元年那時候就帶走了自己獨生的老來子──菊夫，往南邊去發財的。可是一離開老家，就再也沒有信息哩！華吉嫂伴同着那個王家的

---

87 「歉」，原稿作「謙」，諒誤。

丫頭——這原是預備給菊夫大起來做老婆的——倆，勤勤苦苦的度着日子，從沒有一刻兒不在伸長了頸子望孩子跟男人回來的，可是足足已經望了二十多個年頭了，連影子也沒見回來過。

有一次——

在一個隆冬的晚上。

村裏無一處不是雪片滿空飛舞，兩步以外就好像有一堵灰色的雪牆在擋着。

華吉嫂病在牀上，裹在破棉絮裏。

媳婦站在旁邊侍候着。

「小瑛……給我點水……喝……」抖顫的聲調。

媳婦就拭了拭眼，把一杓水遞給她。

病人將半個身子亚力的伸出棉絮來，那肩胛穿着一件齷齪的襯衫，手是祇賸得一根骨頭的了。

「唉！……這倆個……狠心的……」

小瑛接了杓子，臉上開始抽動起來，於是就不停的嗚咽着。

外面咆哮的烈風在打着牆壁，谺谺的呼號，間或那些野狗子躲在草堆裏兇惡的叫聲，不住地鑽進小舍來。

病婦困難的換着氣，呼吸時時停頓，重重的在歎息。有時她彷彿喫嚇似的，一種低弱苦痛的微聲，從她鬱傷的心底發出來。「你們……阿吉！你們……果真……去了……我們……唉！你們……」不

知不覺地反覆着説。

媳婦硬止了自己的哭泣，走近病婦床邊，拉着她的手，一只彷彿已經死了似的硬的手，塞進破棉裏。輕輕的説：「他們⋯⋯終得要回來的」。

「但是，⋯⋯你的⋯⋯一輩子⋯⋯」

媳婦便背轉了身子，眼淚也就迸了出來。

「我的病⋯⋯是不會好了⋯⋯你你⋯⋯給我⋯⋯」一張形容消瘦的臉龐，嚴重而且莊穩。

小瑛的淚珠依舊不斷的往淌將下來。

一會，病人的喉嚨呼嚕呼嚕的響了，接着就彎着身子很利害的咳嗽起來。

「什麼啦⋯⋯」媳婦急急地湊近阿婆。

儘是不斷地嗆。

「菊⋯⋯夫⋯⋯」

病人氣奄奄地睡下了。

忽的睜大了兩眼，頭向低一垂，身子一震，便死了。

媳婦像發寒熱般的顫抖，巨大的淚珠很快地在她的臉上滾下來。

空氣非常的沉寂而且緊張。

舍外雪底集羣還是紊亂地在天空奔走。

作者利用這一節補敍了華吉伯與菊夫父子離家二十年的情節。華吉伯與菊夫到南方去，一去不返，卻剩下鄉間的華吉

嫂與未過門的苦命媳婦王小瑛相依為命。華吉嫂到死都不能
與丈夫、兒子重聚。王小瑛虛耗了二十年的青春，誤了終身
大事。華吉伯離家後發跡，卻幾乎忘了鄉間的老妻，他在城
市另行娶妻，居然還勾搭上兒子的未婚妻：

三

南國。

某一個公館的斗室裏。

香檳的塞飛去了，雪[88]茄的口切去了。

半裸體的少女坐在那位肥胖的紳士底腿上，要
吻着那張掛着單眼鏡的側臉，少女穿的是一件紫色
的單旗袍，非常合式，緊貼着身體，把全身的凹凸
部份都暴露得淋漓盡致，而且叉開得極高，要是空
氣稍為震動時，那支渾圓柔腴的大腿，也就閃顯了
出來，正和她的白嫩的頸領對照着。

紳士有一堆討厭的鬍髭，可是那女人卻非常歡
喜。

「吉！那事現在怎樣了？」少女底長長的睫毛不
住地閃動有栗色的眼珠。嬌軟底聲浪顯得格外裊裊。

「嗯？你講什麼？親愛的！哈！我親愛的蜜子
呀！」

「我說菊夫怎樣啦？吉！」

---

88 「雪」，原稿作「露」，諒誤。

媳婦的小手蓋在阿公的大臉上。

「哦！他嗎？……別提起這麻煩的事了。親愛的蜜哪！」華吉先生忘掉了他是有兒子的。

於是兩只酒杯又碰在一起了。

「哈哈！可惜你是我的媳婦喲！」

接着緊緊地吻了一下女人的小嘴。

女人臉就布滿了紅暈，顯露着無上的嬌美，可是還不止嬌美。在她半開半閉的眼睛裏，和那顫抖的兩唇間，還藏着一種特殊的風味哩！

忽然她亟力的從男的兩只粗大的手內擺脫。猛的站起身來，倚着窗架瞧天，無目的地瞧。手托着腮，一種奇異的哀調就觸動到她的心奧底。

男的被呆住了覺得一股沁骨的寒冷，他底腿一軟，身子搖了搖，走向蜜子身邊來，撕開了嘴佯笑。長長地抽了一口煙向女人送去。

「怪討厭的！」蜜子變了。

於是華吉先生立刻就躲起了嘴，像哄孩子似的那樣說：「我愛的，什麼不如意呀！是不是菊夫這小鬼？」[89]他倒想起了自己的兒子！

「不！不！誰還在跟這小鬼打算哩！哼！」

「對啦！那末您還有什麼不如意的呢！」

89　原稿「鬼」字後是逗號並接下句，筆者按文意句意在「鬼」字後補加問號及關引號。

「……」沒問答。

「快説……」

「你應該——跟你的雌老虎離婚！」女人撒嬌地把纏在右手臂上的手帕含在嘴裏。

「哈哈！愛人兒喲！這容易的很哪！橫豎這小鬼已經是個殺人犯了！離婚的事立刻可以解決！放心吧！」

女人聽了這一句狗説的話便感到一種輕的心境。猛的把頭滾到男人的懷裏。

兩個子又親親睦睦地互相擁抱了起來。

女的像溶解似地緊緊的摟着腰。半膩的酥胸邊，撒霰着激烈的香味，白皙的頸子和柔軟的奶部將男的迷住[90]了。

緘默着。

「我要一只金剛鑽戒——」女人抬着浸在化粧盒裏的腦袋。

「那容易——」

阿公一點也不露詰難的神情。

媳婦又朗然的笑了。

發跡後的華吉已是「紳士」，但卻荒淫成性，且不顧親情，他不單忘卻鄉間老妻，又與新娶的太太離婚，並乘着兒子因槍

---

90 「住」，原稿作「除」，諒誤。

殺案而遭拘禁的機會，與兒子的未婚妻廝混，作者以「狗説的話」形容華吉的敗德劣性。最終華吉娶了蜜子 (兒子的未婚妻) 為妻，蜜子卻因害了嚴重的肺病，要給送到鄉間養病：

四

是十二月，南國的氣候依舊跟春天一樣。

公路上有兩輛光亮的汽車飛一般的馳着。前一輛車上坐着一位憔悴的貴婦和一位掛單眼鏡的紳士，貴婦一瞬不瞬地簡直跟老婆子樣，張着沒光焰沒表情的大而茫然眼，凝視窗外飛奔絕倫的田野。嘴很小，像孩子一樣突起着。兩腮黃瘦而枯燥，現着疲乏苦痛和發怒的神氣。紳士的眼沉沉的閉着。神經顯得異常緊張。

「誰要到鄉下來養病，難道説那樣齷齪的田地會醫好人的？」

接着，就是一陣子的嗆。

紳士呆了一會説：「親愛的蜜子那鄉下究竟空氣好，又清爽又幽靜，何況我已替您帶來了二位著名的醫師。還有三個使女哩！無論如何是不會比城市再可厭的。」

華吉先生安慰着蜜子──他的妻。

蜜子輕輕地皺皺眉頭，淚珠開始淌下來。「病不知幾時才好呢！」病婦胸膛裏發出一種沉重的歎息。可是聲音還沒出口以前却又變作咳嗽了。她戰

抖抖的擺動着身軀[91]兩手緊緊地抓住胸口。

「蜜！怎麼啦！」男的急壞了。

「吉我的病勢恐怕……」抽咽。

「不！決不！神會保佑您的。」

……

車子很快的已經馳過一個村落。

因着蜜子的病，故事的場景又由燈紅酒綠的城市接換到鄉間村落。蜜子最終病死在一個陌生的地方，而幾個前去「奔喪」的人，則成為故事的點睛之筆：

五

半個月以後。

某一天的清晨，病婦咳嗽得非常怕人。

那晚上，她已是個死屍了，死在這一個生疏的地方，死在這一個生疏的人家，死在這一個生疏的角落裏。……

這天她生前的警長也趕來了，最詫異的就是另外還有一個年輕人咽咽泣泣的哭着進門。

他們彼此全不相識。

華吉先生到了這時候才明白了金剛鑽戒的意義。

他明白了一切。

立刻抽身離開了人羣，獨自個兒蹣跚地在公路

---

91 「軀」，原稿作「軀」，諒誤。

上走着，他嚴酷的斥責自己，他想起了兒子和已經
離婚了的太太，是的，他甚至於還開始追憶着二十
多年前的老婆。這處，教堂的鐘聲在響。
　　淚珠跟着沉重的腳步不住地淌下來。

故事的結局，出場的除了華吉和警長外，還有一位年輕人。
三人彼此不相識，卻都該算是蜜子的新歡與舊愛！華吉在痛
悔中自責。教堂的鐘聲此時響起，也不知作者要暗示的是救
贖還是懺悔的意思。

《時代知識》（1936年）〔第1卷第5期〕

事證四：〈七里嚳高地的風雨〉的初刊文本

〈七里嚳高地的風雨〉發表於《文筆》(1939年)，作者署名「以嚳」。這篇早期作品曾再刊於半世紀後的《劉以嚳卷》(三聯版)。1991年的《劉以嚳卷》(三聯版)是劉氏自編的作品選集，劉氏在書中交代作品的出處同樣是《文筆》(1939年)〔第2卷 第1期〕，但再刊時作品題目卻換成了〈七里嚳的風雨〉，而且內容有相當大幅度的修訂。[92] 修訂版本是好是壞尚待討論，但畢竟已非初刊原貌。筆者嘗試以1939年《文筆》上的「初刊文本」為據，通過對比，為讀者展示這篇作品的初刊風貌：

1939年《文筆》初刊文本
1991年《劉以嚳卷》修訂文本

七里嚳高地的風雨
七里嚳的風雨

92　劉氏把舊作修訂再刊，有時會作說明，例如他在《異地‧異景‧異情》(香港：文匯出版社，2005)的「前記」中說：「編選此書時，我將這十篇舊作修改或重寫。」但也有不作說明的，如《劉以嚳卷》(三聯版)中劉氏自選的作品，就沒有說明選集中的作品有否經過修訂。劉氏在《劉以嚳卷》(三聯版)的自序中說：「將習作衰輯成書，等如展覽幼稚與淺陋……。」先不談論「幼稚與淺陋」是不是作者自謙之詞，總之，某個作品本來應有的一些特點 (包括「幼稚與淺陋」)也許會在修訂過程中給改掉，所展示的已非作品的原貌。作品有否經過修訂，對一般讀者而言，影響也許不大，但對研究者而言，在分析個別作品時，就有一定影響。

一

村底瞭望哨，蹲在崗巔那棵白檸檬樹上。岩腳，誰偷了棗驪色的馬匹，匆匆躍出牧場……

一

村的瞭望哨，設在崗上那棵大樹上。山腳，有人偷了棗紅色的馬匹，匆匆躍過籬笆……

二

天，很黝，很沉鬱……七里罅高地的風雨，騷擾地，喧囂在谿谷；喧囂在叢林；喧囂在山家底惡夢裏。夜晚：已偷偷地蓋來，偷偷地，彷彿一個藏在葦荻叢間的單身賊。

二

天色黝暗，很沉鬱……七里罅的風雨，喧囂在谿谷；喧囂在叢林；喧囂在山地人的惡夢裏。夜晚已偷偷地走來，像一個從草叢間走出來的單身賊。

看羊人，在羊欄裏，懶懶地躺下了。

看羊人，在羊欄邊的石屋裏，懶散地躺下了。

茁實的莊稼，翹高了毛茸茸的腿，在床上。玩弄着，那一天春天在城裏黥刺的，藍色的裸體的女郎，遂後，狂哭了……

茁壯的山地人在床上翹高毛茸茸的腿，玩弄着，那一年春天在城裏用針刺的、藍色的裸體女郎，驀地放聲狂哭……

老樵子靠着煤油燈，先摔下烟斗，竟冗自嘟噥起來，咒詛那日裏在山下看見的可怕底故事。

老樵子坐在煤油燈邊，放下烟斗，低聲嘟噥，將山下看見的可怕事情講給自己聽。

……呵，沉鬱的懵憧的；七里堊的夜晚。

……呵，沉鬱的、七里堊的夜晚。

戶外，落着風，篩着雨……

屋外，刀風和箭雨在搏鬥。

失去了馬匹的那塊牧場上，

（修訂本刪去）

一個七里堊的寡婦，像一個沒有理性的人，散了髮，嚼了淚，持了淌着血的嬰孩，悻悻地，由石舍衝出……

她奔；她哭；她呼號；她苦笑；她似狂；似癲；她拚命地嚷；她嘶殺地吶喊；她怒；她憤恨；她悲哀；她向誰索着亡兒的血債。

一個七里堊的寡婦，像失去理性似的，散了髮，嚼了淚，抱了淌着血的嬰孩，悻悻然，由石屋衝出……

她奔。她哭。她呼號。她苦笑。她怒。她向誰索還亡兒的血債？

風，擊着她，雨，擊着她，七里堊高地的風雨，擊着她底蒼白，繃硬的臉；手；和插在泥濘裏的腿。

風，擊着她。雨，擊着她。七里堊的風雨，擊打着她的蒼白的臉。

三

村的雄偉底碉壩，遂掛起紅色的風雨燈。銅鑼，皮鼓，在山巔急撼起來，像巨人的哄笑一樣，嘹喨；撼動。人們，從夢裏，從被窩裏，從女人的懷抱裏，蹤躍出來，披了簑，戴上笠，由白堊剝落的土牆沿，擎下古代的毛瑟槍，燃起火把，衝向曠野的山箐去。

三

村的雄偉的碉堡，遂掛起紅色的風雨燈。銅鑼，皮鼓，在山巔響了起來，像巨大的哄笑聲，嘹亮，震撼。人們，從夢裏，從被窩裏，從女人的懷抱裏，蹤躍起來，披了簑，戴上笠，從白堊剝落的土牆上，拿下古老的刀槍，燃起火把，衝向狂風驟雨。

四

風，一股，一股的鞭韃着，不住地，折下榛和槭底殘椏枝來，在空間，飄颻飄颻……冷澀的；尖刺的；灰色的雨條，躥着，躥着，像千萬條沒有頭的蛇，躥到東，躥到西，躥在山茶叢裏；躥在急湍的水流裏；躥在黝黯的山槽裏……打驚了山狼；草禽；和熟睡底青蟒……於是怒嗥，囉哤，混亂，大大不寧靜了……

四

風，颻颻地吹着，一再折下大樹椏枝。椏枝在空中飄颻……狂風中的疾雨，像千萬條鞭子似的，

到處抽打，在山谷裏；在崎嶇的山路上；在幽暗的
樹林間……山狼、猛禽，和熟睡的黑尾蟒受驚了
……怒噪，混亂，寧靜的七里塁大不寧靜了……

　　……菫色的山箐，

（修訂本刪去）

濛瀧，黑壓壓的野荒的林，

（修訂本刪去）

　　一頭迷了途底巡察鳥，在風雨裏，在巨大的樹
葉瓣裏，映着轂辣的眼。偷了，那躍自羊齒叢間的
馬匹，遑遽底騎者，叱喝着，抽起嘹喨的響鞭，蹤
過泥丘；蹤過山溪；蹤過荒野的墓地和屍骨堆，奔
騁而去……

　　一隻迷了途的小鳥，在風雨裏，躲在搖動的樹
枝上，睜着轂辣的眼。那偷了馬匹遑遽離去的騎
者，吆喝着，抽起嘹亮的響鞭，跳過泥丘，跳過石
堆，跳過矮樹，疾奔而去……

　　大羣山猍子，狱狱吠嗥，踟蹰追來。

羣狗猖猖吠叫。

　　英勇的，村的守衛者，擎高火把，追擊着……

英勇的，村的守衛者，擎高火把，追擊……

　　他們，冒着雨，冒着風，踩着崎嶇不平底山
道，開始英勇的戰鬥……

　　他們，冒着雨，冒着風，踩着崎嶇不平的山
道，開始追擊……

槍仔——

槍彈——

穿過那馬底鬃鬣；

穿過那馬的鬃鬣；

槍仔——

槍彈——

穿過那傢伙底帽甌；

穿過那傢伙的帽子；

槍仔——

槍彈——

穿透那傢伙底心坎……

穿透那傢伙的心臟……

至此，守衛者咆哮了：

守衛者大聲叫喊：

「讓我們的血在一起流！」

「讓我們的血在一起流！」

他們嘶喊，他們狂笑，他們流淚，像一羣被囚的犯人。

他們奔跑。他們狂笑。他們流淚。

他們行進……

他們前進……

從荒蕪的地帶，到陡險的巉崖，他們佈了崗位，佈了保衛村鄉的陣綫……

從荒蕪的地帶到陡險的地方，他們站在各自的

崗位上，保衛家鄉……

五

暴風雨的夜，深了。

五

夜深了，風勁雨疾。

遠遠，傳來一二聲重重的牛哞，一二聲山貓曠
野底咆哮。守衛者，拖着疲憊的步子，在山崗上，
踱着，踱着。……

遠處，傳來一二聲牛叫和一二聲狼嗥。守衛
者，冒着風雨，在山崗上守望。

突然，

那個年輕的前哨，頭一仰，兩手向胸部一按，
便跌下山去。

突然，一個年輕的守衛者，頭一仰，兩手向胸
部一按，從懸崖上跌了下去。

接着，排槍，由山下，像連珠般的，射擊上
來。樹隙裏；陡岩邊；山草堆裏；岔口上……槍
仔，雨點似的，沿着山坡，向上飛，向上飛……

接着，機關槍像連珠般由山下向上掃射。樹隙
裏，陡岩邊，草堆裏，岔口上……槍彈，雨點似的
飛過來。

人們，接踵着栽倒了。

（修訂本刪去）

守衛者，跨在樹枒頭，踡在岩石後，被射中了滾下去……

（修訂本刪去）

守衛者，跨在樹枒頭，踡在岩石後，不停地予打擊者以打擊。

守衛者，跨在樹枒上，踡在岩石後，不停地予打擊者以打擊。

大地的怒吼，激盪在漫無涯際的天邊。

大地在怒吼，聲震九霄。

囂亂，血團，彈片……佔領了七里罍高地。

槍聲，子彈……佔領了七里罍。

山石──大的，小的，渾圓的，尖銳的，各種形狀的山石，像海洋裏的狂濤一樣，沿着山坡，滾下去，滾下去，輾碎了打擊者的軀幹……

山石──大的，小的，像海的波濤一樣，沿着山坡，滾下去，滾下去……

樹木折斷了，長槍折斷了，人的手肢折斷了。

樹木折斷了，長槍折斷了，人的手臂和大腿折斷了。

沒有手肢的人們，在山坡上肉搏，沒有大腿的人們，在山坡上肉搏，沒有腦袋的人們，在山坡上肉搏。

沒有手臂的人們，在山坡上肉搏。沒有大腿的人們，在山坡上肉搏。受了重傷的人們，在山坡上

肉搏。

　　掙扎，搶奪，……

　　掙扎，搶奪……

　　山坡上，亂石，樹木，渾沌沌的血流，水流，和幾千具屍體，怒吼地沖，沖，無限止的往山下沖……

　　山坡上，一片混亂。石塊，樹枝，槍，刀，屍體，混在血水中，衝，衝，往山下衝……

　　直到更深的夜……

　　直到更深的夜……

　　人們力竭了，戰神力竭了。

　　（修訂本刪去）

　　驀地，

　　（修訂本刪去）

　　暗地裏，有誰喘氣奔來，瞪着眼，嘶殺地嚷：

　　有人從黑暗裏氣急敗壞地奔來，瞪着眼，嚷：

　　「火，火，火。……」

　　「火，火，火……」

　　火？

　　火？

　　大家相互一顧，彼此呈着驚愕的神態。

　　大家面面相覷，露了驚愕的表情。

　　「喲！真是着火啦！」

　　「喲！真是着火啦！」

一股烏蓬蓬的火烟，濃濃地，冒自村中，火舌，舔呀舔的，舔出山嶺，舔向黑莽莽的天邊……

濃濃的火烟，冒自山村。火舌，舔呀舔的，舔向山嶺，舔向昏黑的天空……

火裏，有爹娘，有孩子，有勤儉的老婆，有沒有理智的畜生們……

火裏，有年邁的爹娘，有正在牙牙學語的孩子，有勤奮的妻子，有家畜……

人們，慌亂了，揹了槍桿，揮着雨點，直奔村去……

人們，慌亂了，揹了槍桿，冒着風雨，直向村中奔去……

六

人們，脫下褌襟，捲起褲管，奔呀奔的，在「火屋」四週。水，一桶，二桶，十桶，二十桶的澆去，澆那越澆越厲害的火。

六

人們在「火屋」四周奔跑。水，一桶，二桶，十桶，二十桶的澆去，澆向越燒越熾烈的火。

汗，在身上流；雨，在身上淌；火，在身上燒。穿了火的衣裳的人們，在火團裏胡躦，在水窪裏打滾……

（修訂本刪去）

忽然，有人衝進「火屋」去了。

忽然，有人衝進「火屋」。

「喂！出來哪！快坍了！」

「喂！出來哪！快坍了！」

大家嚷着，阻攔着，却沒有成功。

大家嚷着，企圖阻攔，沒有成功。

那人被「火」埋沒了……

那人被「火」吞沒了……

人們祇是楞着，靜默的楞着。

人們只是發愣。

焰焰的紅光，將人的影子，壓在地上，壓成抖動抖動的。大家靜默着，連半點生息都不作，祇有急濁的水流，在火影裏，發激小小的浪花，對面，畫着火條的山壁，在響着焦木吱吱的回聲……

火焰的紅光將人的影子，壓在地上，像幽靈般抖動着。大家呆站在雨中，默不作聲。對面，畫着火條的峭壁，在響着焦木吱吱的回聲……

風雨，一陣緊似一陣，「火屋」還是沒有動靜。

風雨，一陣緊似一陣，「火屋」仍在燃燒。

……半晌，火團裏，陡地擲出一頭家貓來。

……火團裏，陡地跳出一隻老貓。

大家接住家貓，竟至流淚了。又開始高嚷起來。

有人接住老貓，流淚了。再一次高聲喊嚷：

「出來吧！」

「出來吧！」

那人果然出來了。

那人果然出現了。

那人站在屋頂，滿身是火。雙手捧了他的老年的母親，被火炙死了的母親，開始狂哭起來……

那人站在屋頂，滿身是火。雙手抱了他的老年的被火炙死了的母親，狂哭……

「火屋」像油鍋裏的蝦子一樣，軟癱下來。斷木，不住地飛着，飛着，整個房架，漸漸，在搖動了，搖動了……

「火屋」像油鍋裏的蝦子一樣，不斷發出吱吱聲。斷木亂飛，整座屋架搖動了，搖動了……

嘩啦──「火屋」應聲塌倒。

嘩啦──「火屋」塌倒。

人的哭聲，隨着人的軀幹，一起埋在火團裏……

（修訂本刪去）

七

接着，一陣掣閃，山炮，便像馬聲的嘶嘯般底從四山轟來………谿谷崩了，山壁裂了………人的肉體，被壓在頹牆下，壓在焦樹下，壓在岩石下，壓在倒籬下，壓在破簷下，一起，給浪濤似的山水，沖瀉遠去……山麓裏，畜生們，哀慟的吼，犀

着磊磊捲來的巒石聲響，激盪在空中……壑壁，時
不時的傾倒下來，大地的震憾，連天也膨脹了……
此時，村的瞭望哨，折了腿，掙扎着爬上崗巔。岩
腳，紅烈的火，捲着藍色的硝煙，東一堆，西一堆
的飛舞着……

七

炮彈飛來，震耳欲聾。山谷發出爆炸聲，山村
發出爆炸聲……人們被壓在頹牆下，壓在焦樹下，
壓在岩石下，壓在倒籬下……山麓裏，畜生們因受
傷而吼叫……石屋紛紛倒塌；山地在震動；天在膨
脹……此時，村的守望人折了腿，掙扎着爬上山
崗。烈火，捲着團團濃烟，東一堆，西一堆的冒起
……

八

疲憊了的下弦夜，風雨，還喧豗在毀滅後的七
里塆。

八

深夜向盡，風雨依舊喧豗在毀滅後的七里塆。

文本對讀分析

對排兩個文本，就容易看到作者如何在初刊文本的基礎
上作修訂，當中涉及作者修改作品的種種信息，對了解作者

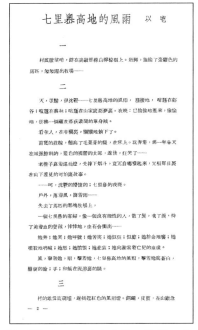

《文筆》（1939 年）〔第 2 卷第 1 期〕

的文藝觀、修辭觀，都有幫助。以〈七里壆高地的風雨〉為
例，由初刊 1939 年到重刊 1991 年，作者在半世紀後對同一
個作品有着一種怎樣的看法？若不通過文本對讀以及信息歸
納，則無由得知。劉氏修訂舊作〈七里壆高地的風雨〉，以下
幾點值得注意：

1. 換詞

具體而充分地表現在「底」字修改上。初刊文本大凡用於
表示事物的領屬關係，都用「底」，這個用法常見於「五四
時期」至三十年代的文學作品，後來都改用「的」。初刊文
本中所有表示事物的領屬關係的「底」字，在修訂文本中

都改為「的」。又如小說的初刊文本有次用上了「槍仔」一詞，讀起來較為費解，可能是方言的特殊用語，修訂本所有「槍仔」都給改換成「槍彈」，意思就明確得多。

2. 刪削

作者傾向刪去小說的某些具交代或過渡作用的分節，如「失去了馬匹的那塊牧場上」、「堇色的山箐」、「濛瀧，黑壓壓的野荒的林」、「人們，接踵着栽倒了」、「守衛者，跨在樹枒頭，踎在岩石後，被射中了滾下去」、「人們力竭了，戰神力竭了」、「驀地」、「汗，在身上流；雨，在身上淌；火，在身上燒。穿了火的衣裳的人們，在火團裏胡躥，在水窪裏打滾」、「人的哭聲，隨着人的軀幹，一起埋在火團裏」。刪去初刊文本上這些分節，似乎是要把小說的節奏就變得更為明快，轉折更為急速。

3. 增補

在修訂本上增加的，主要是在初刊文本上增補交代未完足的意思。如初刊文本上「人的手肢折斷了」，作者修訂時增補為「人的手臂和大腿折斷了」，明顯是要把「手肢」一詞講得更清楚，因為修訂本的下文是「沒有手肢的人們，在山坡上肉搏，沒有大腿的人們，在山坡上肉搏」。又如初刊文本上「火裏，有爹娘，有孩子，有勤儉的老婆，有沒有理智的畜生們」一組句子，作者在修訂時增補為「火裏，有年邁的爹娘，有正在牙牙學語的孩子，有勤奮的妻子，有家畜」，初刊文本對「爹娘」、「孩子」都沒有修飾，反而用「沒有理智」去修飾「畜生」。作者在修訂時為「爹娘」增

補了「年邁的」，為「孩子」增補了「正在牙牙學語的」；各
人的年紀就交代得較為清楚，而火海中除了家畜外，是老
人家、是兒童，老人或稚子給活活燒死，更營造出殘酷的
氣氛，更能刺激起讀者的關注以及惻隱心。

4. 改寫

改寫的情況較為複雜。如把「岩腳」改寫為「山腳」、「棗
騮色」改寫為「棗紅色」、「陡險的巉崖」改寫成「陡險的地
方」，歸納這幾個例子而作合理推測，是作者為求措詞更
淺白更貼近生活。「大家相互一顧，彼此呈着驚愕的神態」
改寫為「大家面面相覷，露了驚愕的表情」是把文句修訂得
更精簡。「沒有腦袋的人們，在山坡上肉搏」改寫成「受了
重傷的人們，在山坡上肉搏」是把意思改得合理些。至於
較大規模的改寫，則往往涉及藝術效果或喻象安排上的更
新，如「冷澀的；尖刺的；灰色的雨條，躥着，躥着，像
千萬條沒有頭的蛇，躥到東，躥到西，躥在山茶叢裏；躥
在急湍的水流裏；躥在黝黯的山槽裏……打驚了山狼；草
禽；和熟睡底青蟒……於是怒嗥，囉唪，混亂，大大不寧
靜了」改寫成「狂風中的疾雨，像千萬條鞭子似的，到處
抽打，在山谷裏；在崎嶇的山路上；在幽暗的樹林間……
山狼、猛禽，和熟睡的黑尾蟒受驚了……怒嗥，混亂，寧
靜的七里嶨大不寧靜了」。句組的主要喻象就有很大的改
動：初刊文本採用的喻象是「沒有頭的蛇」，與下面的「躥」
和「打驚了」呼應；修訂文本則改用「鞭子」，與下面的「抽
打」呼應。兩個文本講的都是「雨」，但初刊文本中「沒有

頭的蛇」就沒有強調「風」這個元素，所以把「雨條」説成「鞭」（主動）；修訂文本則強調是「狂風中的疾雨」，確是有必要改為「鞭子」（被動），喻象才統一、合理。

5. 保留

兩個文本的內容和措詞有相同之處，相關例子於此不贅，讀者可自行參看對排的兩個文本。值得説明的是，修訂文本完全保留了初刊文本的行文框架，並沒有在「結構」上作修改，篇幅上而言兩個文本也大致相若。這跟作者處理〈寺內〉的做法大不相同。據作者説，他曾把〈寺內〉的一個部分改寫成中篇作品〈蟑螂〉，再把〈蟑螂〉由中篇改為短篇。[93]

小結

　　筆者以劉氏在九十年代修訂的〈七里壩的風雨〉為例，以之與初刊文本〈七里壩高地的風雨〉分節對排，讓讀者在文本對讀中具體了解「初刊文本」在認識作品原貌以及分析作者修訂意圖的作用，亦以此展示整理劉氏作品的另一可能。並在「文本對排」後補上一點個人觀察及分析，個人分析雖或未盡仔細、深入，但相信已能發揮「舉隅」的作用。例如〈地下戀〉初刊於1945年，劉氏在1948年修訂再刊，作品易名〈露薏莎〉，劉氏的各種選集所輯刊的，多以〈露薏莎〉為定本。〈地下戀〉既可視為〈露薏莎〉的「初刊文本」，若對比

---

93 《劉以鬯卷》（三聯版）自序，頁5。

而讀，對了解劉氏創作歷程，當有幫助。又如《失去的愛情》曾由上海桐葉書屋出版成書，初版在 1948 年，是目前所知劉氏的第一部單行本小説，因此很受研究者重視，若以 1947 年《幸福世界》上的「初刊文本」作對讀，估計對了解劉氏修訂作品的種種決定，當有一定幫助。研究者應盡量通過文本對比，標示異文，務求為讀者提供更多思考、對比的線索。相信這些看似零碎、繁瑣的文本對比信息，經融匯分析後，對相關研究應有幫助。

事證五：〈花匠〉並非南洋時期的作品

〈花匠〉在 2010 年輯入了《熱帶風雨》。[94]《熱帶風雨》收錄了五十多篇小説，編者聲稱是五十年代劉氏「南洋時期」以「新馬」為背景的作品[95]。但證諸事實，《熱帶風雨》中的〈花匠〉，卻是誤輯入集的作品：〈花匠〉是劉氏早期的大陸作品，並非南洋時期之作。至於〈花匠〉有否在劉氏「南洋時期」

---

94 《熱帶風雨》（香港：獲益出版事業有限公司，2010）。

95 東瑞在〈新馬社會的出色文學書寫──評劉以鬯短篇新集《熱帶風雨》〉對《熱帶風雨》一書有如下介紹：「這一本書就是收入了以新馬為背景的、總共五十六篇短篇小説的、厚達三百三十六頁的《熱帶風雨》。」又：「在《熱帶風雨》中，就有一類是『奇案』。看來因是應報刊的要求而寫，娛樂娛樂一下讀者，難得的是這些奇案小説篇幅都很短，都不過是短篇格局，大大增加了這些『案件小説』的難度，但劉先生都寫得很精采，如〈秘密〉、〈椰林搶劫〉、〈風波〉、〈遺產〉、〈鸚頭與巫七〉、〈十萬叻幣〉、〈花匠〉等都是其中的表表者。」東瑞此文原刊《百家文學雜誌》（2010 年 12 月 15 日）〔第 11 期〕，2018 年 6 月 11 日修訂後上載東瑞個人的博客，修訂版紙本未見，本書所引乃據博客修訂本。

重刊過，則限於未見相關材料，未敢遽下定論，但〈花匠〉即使在南洋重刊過，在討論時若以此為例說明劉氏南洋時期作品的某些特點，始終有欠穩妥。[96]

　　〈花匠〉初刊於1947年的《人人周報（上海）》，當時劉氏尚未離開大陸，所以說，就作品分期而言，〈花匠〉是劉氏早期（大陸時期）的作品，並不是「南洋時期」的作品。《熱帶風雨》的編者在「出版說明」上也提到書中一些「無從查考」的篇章：

　　　　為了供讀者了解，我們將發表年月註明在每一篇的文末，少數沒註明的，已無從查考了。[97]

而《熱帶風雨》中收錄的〈花匠〉，也許正是屬於那些「少數沒註明的」的作品。劉以鬯是多產的作家，又曾經在大陸、南洋及香港寫作，相信類似〈花匠〉在分類或分期上的混淆錯置的情況，所在多有，研究者細心剔撥尋根，當有發現。〈花匠〉大概只有二千字，寫的是一樁與花匠有關的悲慘故

96　如朱崇科在〈劉以鬯的南洋敘事〉中就曾誤以〈花匠〉為例，說明劉以鬯的某些「南洋敘事風格」。朱氏在「底層艱難」一節說：「前去新馬打拼的劉以鬯沒有閉門造車、紙上談兵，亦沒有局限於一己的悲歡中輾轉反側，更沒有一心只讀聖賢書借此避世或自救，他將筆觸伸向了廣闊的底層和芸芸眾生，既描繪世態炎涼、審視人間冷暖，同時又感同身受，再現其溫暖與污濁。」下文接着以多個劉氏南洋時期的作品為例作說明，其中即包括錯誤歸類為「南洋時期」作品的〈花匠〉。朱崇科：〈劉以鬯的南洋敘事〉，載《福建論壇》（人文社會科學版）（2014年第10期），此文又刊於《香港文學》（2014年5月1日）〔第353期〕。

97　《熱帶風雨》，頁8。「出版說明」下署名「東瑞」及「瑞芬」。

事。花匠的妻子，即芩茵的母親——種花娘子——在小說中只在回憶、補敍的片段中出現。作者在首段已説明「死去剛不過四天的女人就是芩茵的母親」，為故事埋下若干引人思索的頭緒：種花娘子為何會死？花匠和女兒芩茵又如何？下文作者利用補敍，交代種花娘子之死因：

關於這件事鄰舍們祇知道種花娘子的死是必然的結果，但很少有人曾經考慮到這結果是有着前因的。那天種花娘子為着花匠的病去向司機告貸，時已二更過後。司機是喝醉了的，並且正在傾泛着多量的酒液。起先，當這個淫褻的輕浮人一看見略帶幾分繚緻的種花娘子的時候，他還亟力企圖掩飾着他底醉態，但三數分鐘以後，他便開始歇斯底里地癡笑起來，如同一個癲癇病患者：他乘着屋外狂飆正送着暴雨，就將女人擁抱到昏黝的柴間裏。更梆夫縱然以一個偶爾的機會發現了這件不平常的事情，但終於被司機用鐵鎚擊破了頭顱而斃命。司機現在已經是個暴戾的殺人者了，他就猙猙地呶出一番恫嚇的話語來要挾女人，他說如果種花娘子以後再要拒絕他的要求的話，花匠將會遭遇到和更梆夫同樣惡劣的命運。種花娘子是個懦弱而又忠厚的女人，從前已經而現在仍舊愛着她底丈夫的，她因此對於司機祇好表示着一種敷衍的態度。

起初因為更梆夫離奇的死，曾經使得這座小鎮

有過一些頗為不安的騷動，但不久人們的印象也就因無法獲得線索而漸次淡漠了。種花娘子仍舊跟着花匠來到我家種栽花木，我斷定女人同她的丈夫還是相愛着的。

　　四天前花匠進城去探望一個新從外鄉回來的遠親。但是另一樁驚人的暗殺案却在同日間發生了。

　　中午時分，在小河邊的蘆葦叢裏突然被發現了一具屍首。那是一個穿着紅短襖的山西女人，頸上被一根褲帶緊勒着，七孔都淌了血。據說本來家道也是頗為富裕的，晉北大同縣屬人，但却給戰爭毀滅了，一個月以前，渡過黃河，從西安輾轉逃避到此地，同她的父親在正街的冷落處開設一爿燒餅攤以維持生計。司機曾經再四地向她調笑過，但終於暗殺了她。這次死者的家屬確實指出司機是兇手了，雖然至今還沒有人曉得更梆夫的兇手是誰。全體保安團出動到四鄉去搜查匿避着的司機，僻鎮的情況驀地緊張了起來。入晚，一個行腳打扮的客商突然出現在種花娘子的家裏，那是司機。他拗執地向女人要求一襲花匠的衣衫以及花匠所有的一點點小數目的錢財。種花娘子表示不願意牽連到花匠的清白，司機就開始自己動起手來。女人阻攔着，終於被擊暈在地上，一小時以後，暴戾的司機在土壇廟裏被捕，從他的（其實就是花匠的）衣袋裏還搜出一張種花娘子的照片來。

　　　　整個村鎮又陷入騷擾的狀態，司機與種花娘子
的姦情亦被證實。當花匠次日回轉家裏的時候，種
花娘子已經用一根粗麻繩吊死在樑上了。

作者在補敍中主要交代了與司機有關的三宗惡行：乘人之危
逼姦種花娘子、用鐵鎚擊斃梆夫滅口、殺死一名來自山西的
女人。這名邪惡的司機雖然最終給捉拿了，但卻因為他穿
了花匠的衣服而給眾人在口袋中發現了種花娘子的照片，如
此，司機與種花娘子的所謂「姦情」就一下子公開了。作者這
個小節處理得頗為微妙：把本來是「逼姦」的事實，一下子變
成了「通姦」的誤會。種花娘子百詞莫辯，最終走上自殺之
路。但重點是，花匠到底是否知道「事實」呢？故事接着寫花
匠父女：

　　　　花匠為着這件發展得如同小說一般蹊蹺的事
情，變成一個沉默的人了。一連有三天他不曾來到
我家，有人說他自殺了，也有人以為他已經是個瘋
子：但現在他却明明地又在老榆樹底下剪裁我家的
花木。如果不是我的惺忪的眼還在睡夢中，那麼這
些毫無根據的謠言就應該全部被證明為無稽的。我
憑倚着總櫃，向他頗為同情地招呼着，他則僅僅對
我毫無表情地愣了一愣。他顯得是頹唐的：顢頇的
面容表示着一種難以描摹的苦痛。他或者並不在怨
懟她。可是他的不幸的遭遇究竟使他陷入了太困難
的處境。如今當他知道我已經起身了，他就携着芩

因的手走到我的面前。

他說:「我要走了。」

「為什麼?」我問。

「為着我自己,也為着苓因。」

「有沒有一定的去處?」

「反正是越遠越好。」他說。

這是一個四十開外,忠厚然而倔強的老實人。不損人,不欺人,總是那樣安分守己的。五年來我已經十分熟習他的性格,但我不知道現在他對於她該是怎樣的一種想法。

所以我說:「不要太傷心了。」

他依舊那樣倔強地答道:「沒有什麼可以使得我傷心的。」

「但是,」我說:「我們不願意你離開此地。」

「我也是不願意的。」

「那你何必一定要走呢?」

他說:「我必須要這樣做。」

我就不再勉強他了。因為我相信他的心已經被無情地刺傷;我並且還斷定他的被刺傷了的心是難於治療的。在這種場合裏,我同意他的決定。我取了一點盤費與他,他不受。他就悻悻地走了。

故事發展至此,說「花匠為着這件發展得如同小說一般蹊蹺的事情」也不知花匠知道的到底是哪回事。但無論花匠知道

的是「事實」還是「誤會」，眾口悠悠，他和女兒都不可能再留在這個是非之地。可是，女兒卻不願離開。

種花娘子曾向司機借錢醫治花匠的病，卻遭司機姦污，此後長期遭到司機的恐嚇，逼她就範。事情終於給揭發了，種花娘子羞愧自盡，花匠決定與女兒芩囡離開傷心之地，卻因女兒捨不得離開母親手種的花，衝突間花匠把女兒扼斃。故事中的芩囡只有五歲，願望是要看媽媽手種的花，這微末的願望最終還是無法實現，讀到結局處，令人異常難過。作者在故事中表露的「陰暗」信息，既沉重，又絕望。

〈花匠〉的敍事觀點游移於「全知」與「次知」之間。整個作品主要由「我」敍述故事，但故事中有關「入晚，一個行腳打扮的客商突然出現在種花娘子的家裏，那是司機。他拗執地向女人要求一襲花匠的衣衫以及花匠所有的一點點小數目的錢財。種花娘子表示不願意牽連到花匠的清白，司機就開始自己動起手來」的片段，則已是「全知」的敍述，是「次知」觀點所不能處理的。

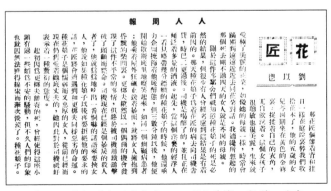

《人人周報（上海）》（1947年）〔第 1 卷第 4 期〕

事證六:〈夢裏人〉及其初刊文本〈風雨篇〉

　　劉以鬯的〈失去的愛情〉(1947年)發表後,沈寂(1924-2016)再一次向他索稿,但他抽不出時間寫新作,於是把舊作〈地下戀〉交沈氏在《幸福世界》上再刊;再刊〈地下戀〉已經是1948年的事了。[98]

　　查〈失去的愛情〉分兩期於《幸福世界》1947年第1卷第11期及第2卷第1期刊登。其實,《幸福世界》1947年第1卷第12期曾刊登過劉氏的另一篇小説〈夢裏人〉,這篇作品好似給丟進了遺忘的角落;以下是〈夢裏人〉的發表時序:

> 〈失去的愛情〉(上),發表於1947年9月25日《幸福世界》。
> 〈夢裏人〉,發表於1947年10月30日《幸福世界》。
> 〈失去的愛情〉(下),發表於1947年11月30日《幸福世界》。

那是說,〈夢裏人〉是插刊在〈失去的愛情〉上下編之間的作品,作為劉氏創作回憶的補遺,甚有意義。

　　〈夢裏人〉的結局十分出人意表,在情節鋪排上,作者是下過一番心思的。小説可分為五個部分。第一部分是集中描寫故事中的「她」如何思念戰死沙場的丈夫:

---

[98] 〈我怎樣學習寫小説〉見《他的夢和他的夢》,頁343。〈地下戀〉在《幸福世界》再刊時易名〈露薏莎〉。

夜如行腳僧躑躅在廢園。

秋十月。

葉落一串串，隨風搖墜。林間狼嘷是中夜的晝夢人；極寥落，更厭蟋蟀，常來覓伴以嚁啾，如今，風和雨竟成了野屋的唯一客人。呼呼颼來似怒似愁似老嫗飲泣。

山中人，怕風，更怕雨。特別是那等待丈夫歸來的婦人，風雨對她就會像喪鐘一樣可畏懼。

她久久凝睇燈花的飛滅，神往在烟影裏，已達一宵。時近拂曉，雨仍在擊打破簾，淅[99]瀝作響聲，一如私語。「還沒有回來？為什麼還沒有回來？」她揉揉疲憊的眼，推開破窗：又是一片黝闇天色，黝闇得彷彿在生氣；又彷彿是一個驚歎號。吹熄燈，唯耗子尚在咀嚼寂寞。舉首望殘簷，舊巢邊比昨日又多了幾圈蛛網，想舊春猶有黃雀穿來穿去；此時連愛熱鬧的白頭翁也因找不到熱鬧而遠飛。有第一聲雞鳴劃過羣山，鄰村犬吠似有人來，細細傾耳諦聽，竟是匐匐旅步，自遠漸近，自近漸更近。「他回來了！」趕忙整襟梳髮，露一絲歡迎底微笑，等待在門前樹側。

但是他沒有來；但是他沒有來；但是他沒有來。

最後，始發覺所謂「旅步」，原來是環山而來的

---

99 「淅」，原稿作「浙」，諒誤。

風腳，正打從這死蛇般的廢道，蝸蝸踩過。

（猛然想起：他戰死已三年。）

三年了，三年虛廓的歲月，是她生命史上的幾頁空白。每一個早晨，她打開紙窗，輕輕捲起垂簾，看是晴了，還是陰天。如果是晴天，她會提一隻什籃，到蓊鬱的竹篁或荒僻的山巔去找些食糧；如果是雨天，她會用一聲嘆息和兩行眼淚來打發這長長的一日，於是黃昏來了，便輕輕放下垂簾，掩上紙窗，把自己活埋在封塵的故居裏，燃一盞燈，兀自坐在破搖椅中，苦索着第一次被丈夫擁抱的情境，雖依稀，却沒有湮滅。於是睡去了，有時做一個夢；有時竟沒有，然後就聽到了第一聲的雞啼，有第一絲陽光來邀她沉湎回憶。往事的掣曳，使她的心境變成沉重。三年如一日。

……那是一個秋日的侵晨，婦人隨同她的丈夫到山中砍柴去了。天剛亮，尚有殘星點點，林間頗蕭疏，僅溪流琤琮，四野靜寂非凡，偶爾一聲雀噪，也會令人吃驚而打抖。管山人還未起身，是砍柴的好辰光。男的爬在樹上，用極迅速的手法砍樹，女的佝僂着背，在撿拾砍下來的樹枝，工作雖緊張，却有一種難言的喜悅。「那邊還有一枝。」男的壓低了嗓子嚷。「看見了，我祇有兩隻手。」女的似乎在懨怨，其實內心是愉快的。不久，太陽冉冉昇起，星光盡褪天色靛青，崗頭有一排楓林，也就

紅若胭脂了。「走吧？」男的問。「再砍一點。」女的貪婪地答。「不興，有人來了。」男的驀地慌恍起來，趕緊爬下樹來，收拾柴堆想走，迎面就來了一隊士兵，當頭的一個叱喝道：「你們在幹些什麼？」「作柴。」「把他也帶走了。」這樣，婦人的丈夫就被帶走了。一去就杳無音訊。半年以後，有鄰村被拉去而逃回來的人說：她丈夫已經戰死在前線。從此以後，婦人就開始她的孤獨的生活，沒有喜悅，衹有悲哀。

小說題目是「夢裏人」，容易引起讀者的聯想——唐代詩人陳陶（812-885）的名作〈隴西行〉：「誓掃匈奴不顧身，五千貂錦喪胡塵。可憐無定河邊骨，猶是春閨夢裏人。[100]」故事中的「她」寡居多年，對戰死沙場的丈夫念念不忘。讀者會以為故事是要反映戰爭的殘酷，但事實不然。故事的第二部分交代了寡居的「她」慘遭過路的「行腳人」強暴的經過：

> 有一天，當婦人正在做針黹的時候，忽然來了一個行腳人。「小娘子，行了方便，討杯茶水喝。」他說。
>
> 婦人就沏了一杯給他。
>
> 「謝謝你，小娘子，」他說：「當家人沒在家？」
>
> 「死了。」

---

100 「春閨」《唐詩鏡》作「深閨」，引文據《全唐詩》。

「唉，」行腳人太息一聲，不知是驚訝還是感喟：「寂寞嗎？」

婦人緘默着。

「應該找一個男人了。」輕薄的調侃，然後將茶一口呷盡。

「再斟一杯吧？」

「不用了，」他把茶杯遞給婦人：「謝謝你。」

說吧，行腳人就揹着行囊，稱謝而去。

將落的太陽像隻紅面盆，幾道懶散的光芒射在對山崗頭，鄰村炊烟嬝嬝，羣鳥歸巢。一陣晚風，吹起了夜之帘幕，天色灰黛，黃昏星熠耀如姸年少女的眼睛。婦人掩上門，輕輕放下破簾，關了窗，呆坐着，不想吃，也不想睡。一切都是靜靜的，靜靜的山谷，靜靜的寮居，孤獨者的悵惘[101]漸漸加濃，夜深了。

忽然有人叩門。

原來仍是那個行腳人。

「打擾你了，小娘娘，有一包重要的物件遺忘在你此地。」他說。

「什麼物件？」

「一包鈔票，大量的鈔票。」

「此地沒有喲，」婦人顯然着慌了：「會不會丟

101「悵惘」，原稿作「悵倜」，諒誤。

在路上？」

「一定在你這兒。」

行腳人開始搜尋，東翻西翻，翻不出個究竟。「你藏在哪裏？」他厲聲地問。

「我沒有藏過喲。」婦人的嗓子抖顫了。

「你想吞沒我的錢財！」

「實在沒有見過。」

「準是你拿的，趕快取出來，不然，」他從行囊裏掏出一瓶藥水來：「我就把這藥水澆在你的臉上，使你的臉腐爛得不成個樣子，永遠見不得人。」

「請你發發慈悲吧。」婦人啜泣了：「我實在沒有拿。」

行腳人隨即堆了一臉的假笑：「我的錢財給你吞沒了，我沒有辦法，你得設法賠我。」

「賠？」

婦人吃驚了，倒退幾步，獃在牆角，呆楞着。行腳人箭步走到她面前：「其實呢，錢，有什麼大不了，生不帶來死不帶去，小娘娘，何必焦急，你拿去還不是跟我自己口袋裏的一樣，」男的湊過臉去跟她耳語，「祇要……」。女的躲避着，行腳人就毛手毛腳地將她擁抱住，強要解開她的鈕扣。兩人掙扎着，一盞燈火碰翻在地上，熄滅了。屋內是一片黑暗和一個男人和一個被撕破了上衣的女人。

這事情發生在兩年前的一個晚上。

讀者讀到這裏，會為「行腳人」的獸行而髮指。「行腳人」以借茶為藉口，知道「她」的丈夫死了，家中沒有當家的人，於是誣指「她」偷竊金錢，並以此脅逼「她」就範。一個寡居婦人的悲慘遭遇，在引人同情之餘，作者在第三部分另起波瀾，卻原來「她」的丈夫並沒有戰死，尚在人間：

現在婦人坐在破搖椅中，想起了往事，更想起了將來，實在有無比的痛苦。天已經亮了。一夜風雨並未洗去她的煩悶，打開門，雨已止，風仍不停。崎嶇的山徑上鋪滿昨夜的落葉，遠山多禿樹，景色蕭條，此時也，一綠衣人自林間躡步而來。

「這是你的信。」綠衣人把信遞給她。

「信？」她顯然有些手足無措，驚訝道：「是誰寫來的？」

「你自己去拆看吧。」

「麻煩你，請你替我看一看，我不識字。」

綠衣人拆開信，先看署名，「你的丈夫寫來的。」

「我的丈夫？」婦人吃了一驚，囁嚅着，久久開不出口：「……說……說……說些什麼？」

「他說，他在前線受過一次重傷，幾乎喪了命，在醫院裏躺了兩年多，現已痊癒，不久就可以回來了。」

「不久就可以回來了？」婦人噙着淚，不知是喜悅還是悲哀。

「是的，」綠衣人微微作笑：「不久就可以回來了。」說着，把信交給婦人，便踏着鋪滿落葉的山徑，蹣跚而去。

婦人雙目定睛，呆了半天，有一種說不出的感覺，如囚犯被解脫了鐐銬，如噩夢初醒。一封信就抵消了千行熱淚，萬斤愁。她獲得了希望。

「真的沒有死？」

她翻覆自問，一邊是懷疑，一邊却以全副精神整理這破頹不堪的家實。

她等待着。

一天二天三天……她等待着。

某夜，月明風靜，她伏在窗櫺上，看遠山燈火時明時暗，看羣星如天田之蒲公英。大自然像一幅畫，像一首沒有字的詩。鄰村陡地驚起犬吠，有人正打從林間匆匆而來。「他回來了！」趕忙整襟梳髮，露一絲歡迎的微笑，等待在門前樹側。

原來「她」的丈夫只是在戰場上受了重傷，僥倖不死，而且不久就要回家。作者讓讀者與小說中的「她」有着相同的感受：「有一種說不出的感覺，如囚犯被解脫了鐐銬，如噩夢初醒。一封信就抵消了千行熱淚，萬斤愁。」前文所營造的緊張、沉重的氣氛至此算是緩了一下，只是好景不常，在某夜回來的，不是「她」的丈夫，而是那個曾經侵犯過「她」的「行腳人」。故事的第四部分：

但是來的不是他。

「小娘子，行個方便，討杯茶水喝。」那人説[102]。

「是你？」

「正是我，二年前失落了鈔票的人。」

「你來幹嗎？」婦人頗憤恚。

「討杯水。」

「沒有。」

「一夜夫妻百夜恩，」男的調侃着。

説吧，便自管自闖進屋去，婦人追上問道：「請你立刻離開這裏。」

「離開？」男的忽然歇斯底里地癡笑了一陣：「不，小娘子，我將永遠住在這裏。」

婦人噎噎了。

「不要哭，我有的是錢，足夠養你一輩子。」行腳人佯裝着撫慰她，又説：「昨天我殺了一個人，把那個人的錢財都拿來了。你要錢，我有；你要我離開，不興，因為縣裏面正在搜捕我呢。來，來，小娘子，咱倆親暱親暱吧。」

男人一把拉住女的，想親她的臉，婦人掙脱了，逃入灶間，男的追去，婦人就握住菜刀，咬牙説：「你走不走？」男的笑了：「小娘子何必生氣。」婦人週身戰顫着，瞪大眼，叱道：「你走不走？」男

102「那人説」原稿作「那説人」，諒誤。

的不理她，祇管向她調笑，她怒了，就在他頸領上猛砍一刀，血花四濺，男的痛極倒地，左手掔着創口，右手在衣袋掏出一瓶藥水，呻吟着：「好，你要我死，我也要你見不得人。」說着，便從地上支撐起來，死命將藥水往女人臉上灑，女的痛極狂嚎，滿臉像被火灼，逕往井邊去用冷水洗，轉動轆轤，吊上一桶水，未及思索，便把腦袋往水裏浸。忽然耳邊傳來一陣狂笑，攆頭一看，那男的正倚在門側，笑個不停，笑得最瘋狂時，遽爾倒在地上，鮮血蠢擁地灑了一地。女的這時候才算鎮靜了些，月亮皎潔，印在桶裏盪漾的水面，閃耀發光，刺着婦人的眼睛，婦人本能地往桶中一瞧，驀[103]地狂呼起來：「啊，我的臉，我的臉怎麼變成這個樣子了！這教我怎麼能見他？怎麼能？」

「行腳人」被「她」斬傷，老羞成怒，向「她」的臉潑腐蝕液體，毀了「她」的容貌。絕望的「她」無法接受毀容的事實，自覺無法面對快將歸來的丈夫，於是投井自盡。故事至此已差不多要完結，但「她」的丈夫到底有沒有歸來呢？歸來的話又如何面對這樁「家變」呢？

　　這事情發生以後第三天，她的丈夫回來了。拄着一根竹杖由一個村童伴同着，一到家門，便興奮

103「驀」，原稿作「騫」，諒誤。

得嚙了眼淚，撫摸着門，撫摸着門上的手柄，撫摸着破搖椅，撫摸着一切他曾撫摸過的東西，微笑着說：「是的，這是我的家。」雖睽離三年，一切都還非常熟悉。村童要走了，他說：

「好孩子，如果在林間碰到我的女人，請你告訴她，我回來了。」

村童說：「大嫂已經投井死去了！」「什麼？」

「昨天我叔父來找大嫂借井水，遍找不着，最後發現井面浮着一隻大嫂的鞋子，大嫂的臉還露出水面，那臉已經腐爛得不像個臉了。」

「投井死去了？」他獨語着。

「是的，」孩子說：「我伴你去看。」

孩子扶着他走到井邊：「你看，這不是她的臉嗎？」孩子見他不作聲，忽然換了一種憫憐的口氣說：「唔，你的眼睛已經被砲火炸瞎了，你是看不見的。」

但是他仍然獃獃地望着井底，沒有人知道瞎子看見了些什麼，祇有沉痛的眼淚一滴又一滴地往井裏掉。

卻原來「她」的丈夫在戰爭中被炮火炸瞎了，帶路的村童說「她」的臉已經腐爛得不像個臉，但這一切一切，「她」的丈夫都看不見了。這種「驚奇結局」也常見諸劉氏「南洋時期」的短篇小說，黃勁輝（1976-）在〈劉以鬯與現代主義：從上海到香港〉，以劉氏1959年2月7日在《南洋商報》上發表的

〈山芭月夜〉為例，指出劉氏處理小說結局的特色：

> 劉以鬯似是有意營造意想不到的驚喜結局，關
> 注於刻劃少女亞鳳對大目李的複雜心境，以亞鳳的
> 自殺告終，這種「驚喜結局」的處理手法充滿莫泊桑
> （Guy de Maupassant,1850-1893）短篇小說結構的特
> 色。[104]

黃勁輝提及的「驚喜結局」，準確一點說，就是「驚奇結局」，
而這種特色也見諸劉氏「香港時期」的短篇小說。東瑞（黃東
濤，1945- ）就曾以劉氏的《打錯了》（短篇小說選集）為例，
提到劉氏短篇小說「以結尾的突然或真相的揭示加強主題的
表達」的藝術特點。[105]這種「驚奇結局」的藝術特點，卻原來
已早見諸劉氏「大陸時期」的作品——一篇被劉氏本人以及
研究者遺忘的作品：〈夢裏人〉。

---

104 黃勁輝：〈劉以鬯與現代主義：從上海到香港〉（山東大學博士論文，
2012）。

105 有關劉氏短篇小說的「驚奇結局」，已有論者注意、論及。東瑞、瑞芬：
〈劉以鬯的微型小說藝術——以《打錯了》（選集）為例〉：「劉先生的小小說
語言非常簡潔精練，明白如話，篇幅精短，從不拖泥帶水，沒有冗長的心
理描寫，大部分也省去了細膩外部描述和景物描寫，多數以敘述、對白、
結構、重複、人物的關係、事件的鋪展、書寫的創意和結尾的突然、轉折
和驚奇來表現一個主題、一種題旨。……以結尾的突然或真相的揭示加強
主題的表達。劉以鬯喜歡莫泊桑的〈項鏈〉和歐‧亨利的〈禮物〉，這兩篇
小小說的經典都有出色的結尾，發人深省。這種結局被稱為驚奇結局，劉
先生一些微型小說的結尾未必人為地驚奇，有時是逆反，有時是諷刺，有
時是畫龍點睛，有時是大白真相。」見《大公報》，2018年12月10日。但事
實上，論者多忽略薩洛揚對劉氏在「驚奇結局」上的具體影響，讀者詳參本
書「劉以鬯早期譯作〈木匠的故事〉賞析」一章。

當然，〈夢裏人〉也有缺點。故事的第二部分寫「行腳人」
以借茶為藉口而侵犯「她」的情節，即使完全刪去，對整篇作
品影響不大。作者加插這一節，唯一作用是要把「她」的遭
遇寫得更悲慘，從而引起讀者更大的同情與更殷切的關注。

《幸福世界》（1947年）〔第 1 卷第 12 期〕

除了被遺忘的〈夢裏人〉，尚有與這篇小說關係密切的一
個初刊文本，值得注意。筆者發現，〈夢裏人〉開首約四百字
（由「夜如行腳僧躑躅在廢園」至「猛然想起：他戰死已有三
年」止），曾以〈風雨篇〉為名，獨立成篇，並先後兩次發表，
依時序先後為：初刊於《和平日報》（1946 年 5 月 8 日），作者

署名「劉以鬯」；再刊於《現實文摘》（1947年5月10日），作者署名「藍瑙」。

1946年5月8日《和平日報》

1947年5月10日《現實文摘》

以〈夢裏人〉開首的一節，對比《和平日報》、《現實文摘》兩個文本，內容大致相同，只小量標點與用語稍異而已。值得注意並作仔細分析的是：〈夢裏人〉在〈風雨篇〉這個初刊文本的基礎上多出了近三千字，這到底是「〈風雨篇〉是〈夢裏人〉的節錄」？還是「〈夢裏人〉是〈風雨篇〉的擴寫」？

其實，〈風雨篇〉在2001年輯錄在劉氏的微型小說集《打錯了》，此書收錄作者70篇作品，劉氏在此書的自序中說：

> 從1945年發表〈風雨篇〉到2000年發表〈我與我的對話〉，我寫過不少微型小說。[106]

而劉氏自序中提及的〈風雨篇〉和〈我與我的對話〉，都是《打錯了》中的作品，那是說，劉氏確認〈風雨篇〉是一篇獨立成篇的微型小說，[107]這亦進一步證明劉氏早年在內地發表的〈風雨篇〉，確是微型小說並非未刊完的短篇小說。事實上，論者向來都以〈風雨篇〉為一完整的獨立文本，但卻沒有留意到〈風雨篇〉與〈夢裏人〉的改寫關係。如東瑞在〈劉以鬯的微型小說藝術——以《打錯了》（選集）為例〉就對〈風雨篇〉作出很高的評價：

106《打錯了》劉以鬯自序，頁16。又劉氏在《打錯了》中的〈風雨篇〉註明此作「刊於1945年11月25日重慶《和平日報‧和平副刊》」，但證諸事實，《和平日報》1946年1月1日才創刊（即由《掃蕩報》易名為《和平日報》）。筆者翻查材料，只找到〈風雨篇〉發表在1946年5月8日的《和平日報》上的文本，至於〈風雨篇〉會否真的有一個初刊於1945年的文本，筆者於此未能下定論。

107 也有人認為〈風雨篇〉是散文，如易明善在〈劉以鬯抗戰時期在重慶的文學活動〉中就將此作歸類為散文。易文見《華文文學評論》（2015）。

　　　《打錯了》集子裏的〈風雨篇〉和〈秋〉寫得很
　　美很出色，堪稱散文詩體小小説。〈風雨篇〉畫面有
　　詩，有聲音，有色彩，每一句都是電影裏的慢鏡。
　　風雨交加，場面凄厲，猶如電影慢鏡徐徐推進，比
　　詩還詩，最後一句「猛然想起：他戰死已三年」猶如
　　大錘給你一擊。[108]

評説固然可以成立，但如果以〈風雨篇〉與〈夢裏人〉對讀，
則評説中提及故事情節中的「大錘給你一擊」，在擴寫後卻只
是洶湧波濤掀起前的第一股暗湧，擴寫的情節寫「她」遭歹
徒強暴、得悉丈夫未曾戰死、歹徒又再找上門、被歹徒毀容
的「她」投井自盡、瞎了雙眼的丈夫終於歸來；情節一波三
折，讀得叫人透不過氣，而採取「驚奇結局」，借用東瑞的評
語，是大錘給讀者的另一重擊。

　　〈風雨篇〉與〈夢裏人〉兩個文本，該算是「改寫」的關
係。劉以鬯自己也談過個人創作中的「改寫」個案，他曾以
〈對倒〉及〈有趣的事情〉為例：

---

108 東瑞：〈劉以鬯的微型小説藝術——以《打錯了》(選集) 為例〉，載《大公
　　報》，2018年12月10日。此外，對〈風雨篇〉的賞析，讀者尚可參考易明
　　善的説法：「〈風雨篇〉以精心的構思，巧妙的安排，簡練的語言，把氣氛
　　渲染、側面烘托、幻覺描寫、驚奇結局等多樣化的手法，組成了一種相輔
　　相成的互補的描寫系統，真實而深刻地描寫了一位抗日將士的妻子那種真
　　摯的夫妻之愛和深切的思念之情。同時，對造成這位妻子失去丈夫的日本
　　侵略者給予了有力的譴責和抨擊。」見〈劉以鬯抗戰時期在重慶的文學活
　　動〉，《華文文學評論》(2015)。

……〈對倒〉長十萬字，採取「對倒」式的雙線並行格局，手法雖然不舊，卻缺乏一條可以吸引讀者的興味線，加上節拍緩慢，沒有糾葛，沒有戲劇頂點，讀者未必有耐性將它讀完。因此，《四季》雜誌負責人約我寫稿時，我將它改為短篇小說。

類似的情形，還有不少。譬如：1965年10月，我為《新生晚報》寫連載小說〈有趣的事情〉，開始時也想認真寫一個長篇，由於邊寫邊發表的關係，越寫越亂，亂得像一堆敗草，不但不「有趣」，而且有點「肉麻」。後來，台灣幼獅文化事業公司為我出版《寺內》，我將其中有關蟑螂的一段抽出來，略加修改，改成中篇。現在，因為要編這本集子，將〈蟑螂〉重讀一遍，依舊覺得雜亂，索性將尾段刪除，改為短篇。[109]

〈對倒〉（《四季》版）是長篇改短篇，〈蟑螂〉是長篇改中篇、中篇改短篇；都是壓縮刪減的例子。而〈風雨篇〉與〈夢裏人〉則極可能是由微型改短篇的例子，事涉「擴寫」、「增補」，在劉氏創作活動中，是頗具特色而又成功的創作試驗。

---

[109] 《劉以鬯卷》（三聯版）自序，頁5。

◼ 譯作——追尋劉以鬯早期的翻譯足跡

談到劉以鬯的譯作，《人間樂園》（1974）、《娃娃谷》（1982）和《莊園》（1982）三種七八十年代的譯作，幾乎是所有論者都注意的。如果再上溯一下，尚有劉氏在報上連載的譯作，至今尚未整理出版者，如連載在香港《工商晚報》的譯作：劉譯高羅佩（Robert Hans van Gulik，1910-1967）《大唐狄公案》。1949年高羅佩將中國八世紀以狄仁傑（630-700）為主人公的小說《狄公案》翻譯成英文，在東京出版。後來他更以狄仁傑為主人公，創作推理小說集《大唐狄公案》，從1957年到1968年間，共出版了24冊。劉氏在1969至1970年間，迻譯了《晨猴》、《廣州謀殺案》及《朝雲觀之鬼》共三篇。《晨猴》即1965年的《The Morning of the Monkey》；《廣州謀殺案》即1966年的《Murder in Canton》；《朝雲觀之鬼》即1961年的《The Haunted Monastery》。三篇連載於《工商晚報》的譯作是：

1. 《晨猴》，連載日期由1969年10月7日至1969年11月19日，共43期；

2. 《廣州謀殺案》，連載日期由1969年11月20日至1970年4月24日，共153期；

3. 《朝雲觀之鬼》，連載日期由1970年4月25日至1970年7月29日，共96期。

綜合上述資料，劉氏的翻譯成果都見於六十至八十年代的香

港，而早期在大陸的譯作，則較少論者注意。以下談談一篇
劉氏四十年代的譯作。

事證一：劉譯薩洛揚的極短篇小説

上世紀四十年代的《和平日報》，在 1946 至 1947 年間，
曾發表過 7 篇中譯薩洛揚（William Saroyan, 1908-1981）的作
品，而其中〈木匠的故事〉，就是劉以鬯的譯作。

〈木匠的故事〉發表於 1946 年 6 月 2 的《和平日報》，欄目
是「成人的童話」，署名是「薩洛揚作，劉以鬯譯」。薩洛揚，
美國小説家、劇作家，作品多為自轉或半自傳性質，富幽默
感。作品《快樂時光》曾獲得普利茲戲劇獎，但他拒絕領獎。
葉揚（1948-）在《人間喜劇》的譯後記以呂叔湘（1904-1998）、
施蟄存、周作人（1885-1967）、葉紹鈞（1894-1988）、葉至
誠（1926-1992）等人為例，證明薩洛揚「在中國很有讀者
緣」。[110] 卻原來，薩洛揚的作品也曾透過翻譯的互動，與劉以
鬯在上世紀的文壇結緣。

---

110 詳參葉揚譯：《人間喜劇》（上海：上海譯文出版社，2019）譯後記：「……
（薩洛揚）在中國很有讀者緣。上世紀四十年代，呂叔湘先生所譯他的作品
《石榴樹》（原題《我叫阿拉木》），在語言上頗得原文的神韻，堪稱英譯漢
之典範。……陸灝兄在他的《看圖識字》一書中提到，施蟄存先生晚年送
給他的英文書裏，有兩部薩洛揚的短篇小説集，施先生説都是他早年自己
想譯的；施先生晚年在接受訪問時，説到自己很受薩洛揚的影響。又説喜
歡薩洛揚的中國讀者，還包括周作人……呂叔湘先生晚年回憶説他譯《石
榴樹》，是在葉聖陶先生的『督促之下完成的』，而根據林斤瀾的回憶，葉
聖陶先生的長子至誠，在學生時代寫得一手天真爛漫的散文，自稱也是受
到薩洛揚的影響……。」

1946 年 6 月 2 日《和平日報》

事證二：劉以鬯早期譯作〈木匠的故事〉賞析

〈木匠的故事〉只四百餘字，故事完整，是極短篇小說；
譯自薩洛揚的〈The Story of a Carpenter〉。以下把中譯文本
與英文文本對排，方便了解、分析劉譯的特點：

薩洛揚 The Story of a Carpenter[111]	劉譯〈木匠的故事〉
My Grandmother Lucy knew no end of stories. Here is one of them which is to illustrate the absurdity of despair. It's the story of a carpenter who lived many hundreds of years ago. One day on his way home he was stopped by a friend who said: "My brother, why do you look so sad? Is anything the matter?" "You too would feel as I do," the carpenter replied, "If you were in my shoes." "What is it?" his friend asked.	很久以前，有一個木匠。 某晚，從工場歸來，途次，遇一友人，後者問他：「老兄，你的臉色很難看，為什麼？」 木匠答稱：「如果你是我，你也會有同樣的感覺的。」 那人問：「究竟是什麼事情？」

111 英文文本據 William Saroyan, Selected Short Stories, Moscow, 1975.

"By tomorrow morning," the carpenter said, "I must have eleven thousand eleven hundred eleven pounds of fine sawdust for the King, or else I shall lose my head."
The carpenter's friend smiled and put his arm around the carpenter's shoulder.
"My friend," he said, "cheer up. Let us go and eat and drink and forget tomorrow. Never give way to despair."

So they went to the carpenter's home, where they found the carpenter's wife and children in tears. But the carpenter's friend told them to stop crying. And they all began eating, drinking, talking , singing and dancing.
In the midst of laughter, the carpenter's wife began to weep and said:
"So, my husband , in the morning you are to lose your head and we are all enjoying ourselves. So it is that way."
"Don't give way to despair," the carpenter said. "It's no use."

And they continued eating, drinking, singing and dancing.
When the light pierced the darkness and it was day, everyone became silent and stricken with fear and grief. From the King came his men and knocked softly at the door of the carpenter's house. And the carpenter said:
"Now I must go to die," and opened the door.

"Carpenter," they said, "the King is dead. Build him a coffin."

木匠說:「皇上要我在明晨以前繳出一萬一千一百一十一磅上等硬木材的鋸屑,倘若繳不出,我就要被處決死刑。」
木匠的朋友笑了,把手往木匠肩上一搭。說:「朋友,別再頹喪了,我們且去痛飲一番,把明天忘掉了吧!上帝是會記得我們的,當我們祈禱的時候。」

這樣,兩人便走回木匠的家,木匠的妻子和兒女正含着眼淚,在嗚咽,木匠認為哭泣無濟於事,反正明天是死定了。因此,他們就開始狂歡:大喫,豪飲,談天,歌唱,舞蹈。正在狂歡之際,木匠的妻子忽然掩面痛哭起來。邊哭邊說:「皇就就要將你斬首了。我們現在還享受人生的樂趣。」
木匠說:「祇要記着上帝,並繼續祈禱。」

一整夜就在狂歡中度過。晨曦已將黑夜驅走,天亮了。每個人都沉默無言,恐懼,而且悲戚。這時候,有人從皇宮來,輕輕地叩門扉,木匠自語道:「開門吧,現在我就去死了。」

但來人卻說:「木匠!皇帝死了。趕快替他製造一口棺材。」

劉譯有三點值得注意。首先，原文一起筆即透露「絕望之為荒謬」（the absurdity of despair），已幾乎完全透露了故事的含意，讀者的閱讀興味大減。劉譯在開首處省去了原文的「My Grandmother Lucy knew no end of stories. Here is one of them which is to illustrate the absurdity of despair.」讓故事的主角木匠直接出場，更見簡潔之餘，也免除了作品主題先行、意圖事先張揚的問題。其次是「fine sawdust」一詞，劉氏不直譯「細木屑」，而譯「上等硬木材的鋸屑」。強調木材要「硬」，是為皇帝的要求增加難度，同時令要求變得更不合情不合理；而強調木材要「上等」，是為結局替皇帝造棺材埋下伏筆。此外，原文「Never give way to despair」及「Don't give way to despair」大概是「不要絕望」的意思，但劉氏卻都以曲筆譯成「上帝是會記得我們的，當我們祈禱的時候」及「只要記着上帝，並繼續祈禱」，頗刻意地強調了「上帝」和「祈禱」，如此一來，令讀者驚奇的結局，似乎是冥冥中上帝的安排，為故事平添點點宗教意味。

值得一提，這篇譯作的亮點是「驚奇結局」，而劉氏選譯了這篇作品，對相關的情節安排，當有了解、掌握，翌年（1947），劉氏的另一篇小説〈夢裏人〉也活用了「驚奇結局」的安排。論者一般認為劉氏小説中的「驚奇結局」乃受莫泊桑影響，[112] 説法固然有理，但薩洛揚對劉氏在「驚奇結局」上的具體影響，也是事實，不容忽視。

---

112 詳參本書「〈夢裏人〉及其初刊文本〈風雨篇〉」一章，黃勁輝、東瑞均認為劉氏小説中的「驚奇結局」乃受莫泊桑影響。

三、「懷正文化社」出版物鉤沉

　　懷正文化社由劉以鬯創辦，於1945年12月開始籌劃，1946年10月在上海成立，是劉氏早期文學事業的重要標誌。1948年12月，劉氏南下香港，計劃在港重辦懷正文化社，復業計劃最終未能實現。劉氏成立「懷正」主要目的是出版「好書」，[113] 懷正文化社主要處理出版事務，壽命雖然不長，但也出版過若干種高素質的書，如：徐訏（1908-1980）的《風蕭蕭》《燈尾集》，姚雪垠（1910-1999）的《差半車麥秸》《牛全德與紅蘿蔔》《記盧鎔軒》《長夜》，李健吾（1906-1982）的《好事近》，李輝英（1911-1991）的《霧都》，沈寂的《鹽場》，田濤（1915-2002）的《邊外》，秦瘦鷗（1908-1993）的《危城記》，熊佛西（1900-1965）《鐵花》，施蟄存（1905-2003）《待旦錄》，趙景深（1902-1985）《西洋文學近貌》，戴望舒（1905-1950）《惡之花掇英》（譯），劉盛亞（1915-1960）《水滸外傳》，王西彥（1914-1999）《人性殺戮》。

---

113 劉以鬯〈懷正，四十年代上海的一家出版社〉：「當我在大學讀書的時候，因為買到了印刷精良的《戰爭與和平》與《美國》三部曲，就有了一個願望：辦一家專出好書的出版社。」見劉以鬯：《短綆集》（北京：中國友誼出版社，1985年），頁106。

　　據懷正文化社的出版物看來，無論是創作、譯作或編
著，該社都以出版文學類書籍為主，經懷正文化社主理的
三十多種出版物中，有一種時事圖集《名人百態圖》鮮有論
者注意，[114]這部以漫畫為主的書，極有可能已經失傳。

事證一：《名人百態圖》於1947年出版

　　查懷正文化社的「新書及重版書目錄」，[115]當中有《名人百
態圖》一種，此書筆者未見，海內外未知尚有沒有孤本。此
書應出版於1947年，因《鐵報》和《申報》在1947年8月15日
都刊登了此書的出版廣告，都強調「今日出版」。《鐵報》廣
告上說此書是「原刊本報似顏漫畫」、「單行本今日出版」、
「懷正文化社出版」。筆者翻查《鐵報》，[116]果然找到報上連載

114 也斯在〈從〈迷樓〉到《酒徒》──劉以鬯：上海到香港的「現代」小說〉中
　　談及懷正的出版物時，也沒有提及《名人百態圖》：「劉以鬯在上海創辦懷
　　正文化社，出版過徐訏的《風蕭蕭》、《三思樓月書》、姚雪垠的《雪垠創作
　　集》、熊佛西的《鐵花》、豐村的《望八里家》、王西彥的《人性殺戮》、戴望
　　舒譯的《惡之華》、秦瘦鷗、田濤、施蟄存、李輝英、劉盛亞等作品集。這
　　些作品中包括了我們通常所指的（A）寫實、（B）言情的都市傳奇以及（C）
　　現代的風格，可見劉以鬯的口味和胸襟。」也斯文章見《劉以鬯與香港現代
　　主義》（香港：香港公開大學出版社，2010），引文在頁5。
115 書目複印件見孫立川：〈所有的記憶都是潮濕的──「按圖索驥」尋屋記〉，
　　載《期頤的風采》頁133。
116 本書提及的是上海的《鐵報》，與此同名的報章有創刊於五十年代的新加
　　坡《鐵報》，劉以鬯曾任職於新加坡《鐵報》：「《鐵報》創刊於1955年12月
　　24日，創辦人是陳名宗及陳清兩兄弟，初創時聘請香港名作家劉以鬯擔任
　　主筆，而且是三色印刷，內容不錯，但是銷路卻未見增廣……第九期起即
　　廢除三色印刷，改由黑白印刷，同時劉以鬯也引退離開《鐵報》。」見鄭文
　　輝：《新加坡華文報業史》（新加坡：新馬出版印刷公司，1973）頁79-80。

的《名人百態圖》，連載由1947年2月11日起至1947年12月22日止，共283圖；1947年8月單行出版成書的，相信是「百態圖」在報上連載半年以來的「階段總結」。

1947年8月15日《鐵報》　　　　1947年8月16日《真報》

事證二：《名人百態圖》的作者

在《鐵報》上連載的「百態圖」形式是「畫像」加「贊語」，由一圖一文配合組成。「百態圖」繪圖者是「張光宇」，題贊語者是「魏玉孫」或「萬枚子」；圖是漫畫，贊語則以含打油意趣的韻語為主。

　　談到「百態圖」的作者「張光宙」，一定讓人聯想到另一位著名漫畫家「張光宇」。張光宇（1900-1965）曾在上海編輯出版了《上海漫畫》、《時代漫畫》、《獨立漫畫》等雜誌，作品幽默辛辣，諷刺時事；是中國漫畫界大師之一。[117]但事實上，張光宇與張光宙並沒有親屬關係，查1947年6月4日《鐵報》〈《名人百態圖》的榮譽〉，說：「樂漢英先生以張光宙的筆名為本報作《名人百態圖》……。」又1947年8月20日的《導報》〈名人百態精巧生動〉，也說：「漫畫家樂漢英先生，天才橫溢，蜚聲藝林，以『張光宙』筆名，為《鐵報》精繪《名人百態圖》連載……。」可知《鐵報》上的「張光宙」就是樂漢英的筆名，而懷正文化社出版的《名人百態圖》，報上廣告所署的繪畫者，都是「樂漢英」。估計原作者「樂漢英」在報上發表畫作時，借用了同行畫家張光宇的名氣，虛構出一個「張

---

117 張光宇，中國現代重要的漫畫家，工藝美術家，設計大師。中央工藝美術學院教授，中國美術家協會理事。1900年生於江蘇無錫。十五歲在上海學習繪製舞台布景，開始創作生涯。1919年在世界畫報任編輯，創作了大量插畫。後開始為英美菸草公司繪製菸草廣告畫等。在1918年至1949年間在上海創作了大量商業作品。張光宇在上海編輯出版了《上海漫畫》、《時代漫畫》、《獨立漫畫》等雜誌，幽默辛辣，諷刺南京國民政府的腐敗。期間還創作了大量插圖書冊，代表作有《水滸人物列傳》系列、《二十四孝》、《神筆馬良》、《民間情歌》等作品。張氏在1927年於上海參與成立了上海漫畫會，對中國歷代工藝美術和神話故事等有廣泛研究，而且很善於大量汲取西方現代美術的經驗。抗日戰爭期間，張氏流寓桂林、柳州、重慶，記錄民眾艱苦的生活。中華人民共和國成立後在北京任教，繼續創作漫畫，設計雜誌封面、海報、書籍、郵票等。張氏對中國藝術史的貢獻一向鮮為人知，直到1990年代才在張仃，丁聰等與他共事過的藝術家的呼籲下重新得到讀者與研究者的重視，是中國二十世紀重要藝術家和設計師之一。有關張氏的生平與作品的研究，詳參唐薇、黃大剛著：《張光宇研究》上下編（北京：三聯書店，2015）。

光宙」來，讓讀者在名字上由「宇宙」這個熟語產生親切感，達到引人注目的目的。

　　樂漢英（1921-1984），原名樂小英，筆名守松、鍬嘉。浙江鎮海人。自小愛好繪畫，在中學讀書時即參加繪畫組織，開始漫畫習作。抗日戰爭爆發後在寧波、上海當學徒，業餘自學創作漫畫，向各報投稿。1942年曾將魯迅翻譯的蘇聯兒童文學名著《表》畫成連環畫發表。此後從事電影美術工作和商業美術工作，並曾在《鐵報》任美術編輯。而他以「張光宙」為筆名創作的《名人百態圖》，就是他在《鐵報》出任美術編輯的時期。1949年5月上海解放後他創作了不少諷刺漫畫及幽默漫畫，並先後任《大報》、《亦報》美術編輯和《新民晚報》美術組組長，曾任中國美術家協會上海分會漫畫組組長。[118]

事證三：《名人百態圖》的初刊文本

　　1947年8月15日《鐵報》上刊登了《名人百態圖》的出版廣告，強調此書刊的是「似顏漫畫」，又說此書「印刷精良」「裝幀美觀」，定價每冊八千元。[119]只可惜這部由懷正文化社出版的圖集，自出版以來極少人留意、談論，而市面上亦基

---

118 有關樂漢英的生平，詳參《石庫門漫畫》。《石庫門漫畫》是在上海製作的網路微型漫畫刊物，其中第31期（2019年2月）、32期（2019年3月）有介紹樂小英的專輯「不該遺忘的漫畫家樂小英」，有圖有文。搜尋鍵鍵詞「石庫門漫畫」，2019年11月登入。

119 互參1947年8月15日《申報》：「樂漢英很似顏漫畫《名人百態圖》，刻由懷正文化社彙集精印單行本，今日出版，每冊售價八千元。」信息相同。

本上看不到此書的蹤影。但既然此書的圖文采輯自《鐵報》，那麼我們可以直接在《鐵報》上一睹這批作品的初刊文本。

《名人百態圖》由 1947 年 2 月 11 日起在《鐵報》上連載，當天發表的第一圖主角是吳敬恒（1865-1953）：

1947 年 2 月 11 日《鐵報》

吳敬恒即吳稚暉，工書法，贊語題句是：「申江寫字吳敬恒，自謙並非是名人，大篆小篆信手寫，進賬之好勝『特任』。」漫畫筆法誇張，略有「醜化」意味，手持的毛筆也誇大了比例，突顯出吳氏擅長書法的信息。題句也帶通俗打油味道，與漫畫的風格十分配合。又如 1947 年 2 月 13 日的圖，主角是馮玉祥（1882-1948）：

1947 年 2 月 13 日《鐵報》

馮氏是民國軍閥，本屬直系軍閥，第二次直奉戰爭中倒戈，
改編所部為國民軍，後敗退西北，1935年任國民革命軍陸
軍一級上將。此圖繪馮氏一手持美元一手持洋房，雙腳則
踏着汽車，表現手法傾向超現實，但主題卻十分鮮明，配合
題句，意思就更加清楚：「購汽車，買洋房；基督將軍馮玉
祥，治外寓公樂徜徉；生活史開新紀錄，大餅滋味久不嘗；
什麼水利與水患，管他娘！」

　　這些韻語題句的作者，根據1947年10月24日《小日報》
上「西階」的書介，提及題句的作者：「斯圖有魏王孫題句，
聞出萬枚子先生手筆。」[120]「百態圖」上部分題句沒有署名，
另一款署名「魏王孫」的，如1947年7月3日《鐵報》：

1947年7月3日《鐵報》

120 懷正文化社的「新書及重版書目錄」作「魏皇孫」，不作「魏王孫」，而且沒
　　有萬枚子的名字。

此圖主角是名將孫連仲（1893-1990），而題句則署「魏王
孫」。「魏王孫」會不會就是萬枚子的筆名？待考。萬枚子
（1905-2005），湖北潛江人，是資深報人，自1928年起即從
事新聞事業，歷任鄭州開封《革命軍人朝報》、《北平朝報》
總編輯，湖北《中山日報》主任編輯，漢口《大中報》、上海
《時代日報》總編，南京《和平日報》、上海《和平日報》社長
兼主筆。

四、結語

　　劉以鬯的創作理念是「與眾不同」,[121]那麼,在有關劉氏的出版計劃或研究工作上,與「與眾不同」這個創作理念相對應的整理原則以及分析思路,是否也該有點「與眾不同」?期待各專家深思、跟進——為將要陸續開展的「劉以鬯研究」,做好準備。本書利用22個劉氏早期作品進行分析、探索,初步獲得一些成果:

1. 展示劉氏大陸時期的詩作,補充了較少研究者注意的範疇,並利用初刊文本作對照,歸納出劉氏早期詩歌的格律傾向。

2. 以劉氏早期散文作品為例,展示劉氏散文的多樣化。

3. 散文〈農邨之春〉、〈北國里〉,以及小說〈乾魚〉、〈荒後〉,均能具體證明劉氏確曾處理過「農村」題材。

4. 〈默念〉是劉氏十三歲時發表的作品,〈乾魚〉是十五歲的作品,〈荒後〉是十六歲的參賽作品。這幾篇「少作」展示

---

121 「與眾不同」的說法,見劉以鬯的〈致讀者〉,原文是:「我十八歲始發習作,矢志努力創新、與眾不同。」見刊於《城市文藝》(2018年7月)〔第96期〕。《城市文藝》的編者在此文下所加的註釋為:「本文為《劉以鬯文集》而作,是劉老題寫的最後一篇文字。」據此,「與眾不同」四字可視為劉氏創作理念的總結。

了劉氏學生時期的創作風貌，是研究劉氏早期創作的重
要材料。

5. 以《迅報》上劉氏的兩篇詩化美文為事證，補充劉氏孤島
時期的創作活動，亦同時梳理出穆時英在創作上對劉氏
的影響線索。

6. 〈他們的結局〉發表比〈流亡的安娜‧芙洛斯基〉要早兩三
個月，劉氏最早發表的短篇小說並非〈流亡的安娜‧芙洛
斯基〉。

7. 九十年代經劉氏自選入集的〈七里礐的風雨〉，其初刊文
本是三十年代的〈七里礐高地的風雨〉，這篇作品在重輯
入集時經劉氏大幅修改，本書對比兩個文本，並作分析。

8. 小說〈花匠〉證實是劉氏大陸時期的作品，並非南洋時
期的作品。有論者以此作為例論證劉氏的「南洋敍事風
格」，實誤。

9. 展示一篇為人忽視的小說〈夢裏人〉，並利用初刊文本還
原〈夢裏人〉與〈風雨篇〉的改寫關係。

10. 以譯作〈木匠的故事〉為例，說明劉氏在小說創作上與薩
洛揚的關係。

11. 利用初刊文本，嘗試為讀者還原由劉氏主理的「懷正文化
社」出版的《名人百態圖》。《名人百態圖》雖非劉氏的作
品，但這部分的事證，可以讓讀者進一步了解劉氏早期
在創作以外的文化活動。

　作家本人謙稱為「少作」或讀者美稱為「處女作」的早期
作品，縱然未必成熟，但這些早期作品對了解作家的整體創

作生命，有着極高的參考價值。誠如王安憶（1954-）說：

> 我非常重視作家的處女作。我覺得在這之中有一些東西是非常可貴的，等到作家成長起來，成熟以後，他會寫下許多好的作品，可是他處女作裏的一些東西卻是他永遠不可再得的，而且是依然具有價值的。我為什麼給它這麼高的評價呢？因為我覺得它帶有非常純粹的感性，這種感性沒有受到污染……。[122]

細讀劉以鬯的早期作品，會看到作品中折射出來的若干文學信息，不單有趣，而且有用。像本書為讀者分析、展示的劉氏早期文學作品的初刊文本，即使真如劉氏所說，只算是「胡亂寫些東西投給報刊」的「習作」，[123]但箇中那份「非常純粹的感性」，[124]卻值得讀者再三細讀。這些作品容或原始、粗糙、青澀，但卻是一個作家在成長後難以「複製」的階段風貌，不容抹煞也不容否定。對了解劉以鬯的創作心

---

122 王安憶：《心靈世界——王安憶小說講稿》（上海：復旦大學出版社，1997），頁24。在書中，王氏對「處女作」的理解是：「我這裏說的處女作不是指第一個作品，而是指創作者第一個階段的作品。因為第一個作品有時候不太好說，第一個作品存在很多寫作能力上的問題。他不能比較熟練地操縱語言，操縱句式，這難免妨礙他表達的東西。我們所看到的處女作也許並不是他真正的、第一篇寫下的處女作，他前面幾篇也許根本沒有發表，他只是發表了第三篇，或者第五篇。我這兒所說的處女作不是絕對意義上的第一篇，而是指他最初的創作時期，指這一個時期裏的作品。」

123《劉以鬯卷》（三聯版），頁1。筆者截取原文中兩個短語。

124 王安憶：《心靈世界——王安憶小說講稿》，頁24。

路歷程，這批跡近被遺忘的「初刊文本」，在「補遺」的意義外，更別具研究與分析的學術價值，這都是研究者不應忽略的。[125]

---

[125]「初刊文本」的鉤沉工作對編輯一位作家的全集尤為重要，許定銘就曾談及編刊「劉以鬯全集」的構想：「我希望這套將面世的《劉以鬯全集》，是套真真正正的『全集』而不是『選集』。過去有些嚴肅文學作家在出版全集時，往往故意漏掉某些不滿意的作品，又有些喜歡把處女集定於成名後的某部作品，而蓄意把以前學習寫作時期的習作刪掉，使人覺得作家是位天才，所有作品皆有很高水平，讓人看不到污點及學習痕跡。」其意見值得重視。許定銘：〈關於《劉以鬯全集》的建議〉，見《城市文藝》（2018年7月）〔第96期〕。

後記：評論與事證

　　文學評論，總離不開材料；材料齊備，評論就事半功倍。

　　目下各國各地的研究院，在文學評論的教學或指導上，大都着重對文本的論述與分析。以文學評論為主題的博士或碩士論文，其研究方向幾乎只接受賞析論述以及理論的套用，至於與文本直接相關的整理、溯源或鉤沉等工作，都漸漸給邊緣化，沒有得到應得的重視。顧頡剛為《史學季刊》寫的發刊詞有這樣的一番話：

> 　　然歷史哲學家每以急於尋得結論，不耐細心稽察，隨手掇拾，成其體系，所言雖極絢華，而一旦依據之材料忽被歷史科學家所推倒，則其全部理論亦如空中之蜃閣，沙上之重樓，幻滅於倏忽之間，不將歎徒勞乎！

可信的、完備的材料，是評論或分析的基礎。材料欠穩妥，任你利用多好的評論方法或套用多前衛的理論框架，都是徒然。史學如此，文學評論或研究又何獨不然？王瑤在〈關於現代文學研究工作的隨想〉中就說過：

　　在古典文學研究中，我們有一大套大家所熟知的整理和鑒別文獻材料的學問，版本、目錄、辨偽、輯佚，都是研究者必須掌握或進行的工作；其實這些工作在現代文學研究中同樣存在，不過還沒有引起人們的應有的重視罷了。

王瑤說的那個上世紀的「現代」相信也同時適用於今時今日千禧年代的「現代」。大凡與文學材料有關的版本、目錄、辨偽、輯佚等重要工作，到今天，似乎還沒有成為現當代文學評論或研究中的「顯學」。劉增傑在〈論文獻薄弱的四個因素〉中說得極其到位，他語重心長地以二十世紀中國現代文學研究為例，道出了好些到今天還存在的老問題：

　　……使用史料時粗枝大葉，張冠李戴，史實訛誤；不重視觸摸、鑒別原始資源，輕率地使用第二手資料……在作家選集、文集、全集編輯過程中，不加說明就任意刪改原作，造成了如魯迅所說妄行校改的災難性後果。

這番話在在涉及文本的整理、引用等關鍵問題；這些問題，從事現當代文學評論或研究的，都應重視。

　　只孤立地拿着幾個文本就展開評論，雖容易成篇，但也容易出現偏差。我嘗試把搜集得到的劉以鬯早期文學作品的材料略作鋪排整理，發現當中22個作品別具「事證」的價值，於是利用公餘時間完成書稿，通過「讓材料說話」凸顯

文學材料的價值。而所謂「事證」，是以客觀事實、具體材料進行討論的意思，王瑤所說的版本、目錄、辨偽或輯佚，都在在與「事證」有關。「事證」在概念上又與歷史悠久的「語文學」（Philology）的精神或涵義相契合——着重從文獻角度研究語言、文字或文學。沈衞榮在〈我們能從語文學學些什麼？〉強調「語文學」的價值，他說：

> 　　顯而易見，不管是做學問，還是做人，我們都可以從「語文學」中學到很多的東西。為了正確理解一個文本，解決一個學術問題，我們必須像傅斯年先生當年所說的那樣，「上窮碧落下黃泉，動手動腳找東西」，下最大的功夫去收集、編排、比較和它相關的所有其它文本，替它重構出一個可靠的語言的和歷史的語境，從而給它一個邏輯的、合理的解釋。

進一步說，「文學評論」應否包含「文學事證」並非取決於「評論」這個定義是廣是狹，任何文學評論都應該以「事證」作為基礎。個人一點微末的願望是：希望現當代文學評論能接納並重視「事證」，只有這樣才能使現當代文學評論的活動開展得更紮實、更客觀。

　　在着手撰寫本書之前，我曾開展過好些以「事證」為主要方法的實習，業已發表的有〈千年猶有未歸人——望夫石的各種文藝形式〉、〈李聖華佚作〈琴碎了〉析述〉、〈李聖華餘事作文人〉、〈李聖華譯介愛倫坡詩——兼談 "Annabel Lee" 的幾個早期中譯本〉、〈黃石、李聖華與《和諧集》的「民俗」

因緣〉、〈江郎弟子唐滌生〉、〈周棄子的別署與新詩〉。而首
次正式用上「事證」一詞的評論習作，是發表於2019年3月的
〈事證尋源——再論「香港第一本新詩集」〉。其實，個人的
研究專業本非現當代文學評論更非香港文學，只是閒時愛翻
舊報章舊雜誌而已。好些文學材料或初刊文本，任何人都有
機會遇得上。因此，本書所使用的材料絕非甚麼「秘籍」或
「孤本」等「獨家」材料，所使用的，恐怕只是一些被忽略的
材料而已。至於這些材料到底有多重要，一時間也許不能完
全說得明白。例如我翻閱1936年12月9日上海《大公報》時
就偶然看到「五龍」與「大同」兩支籃球隊對賽的報道，而「大
同」隊員名錄上就清楚具列了「劉同繹」（即劉以鬯）的名字，
他當時是「大同附中」籃球隊的「前鋒」。以此互參他在2017
年接受訪問時所說的：

> 1941年畢業於上海聖約翰大學哲學系。我不
> 僅能文，還會武，我武是會打籃球，是校隊的後衛
> ……。
>
> 張昌華：〈百歲劉以鬯〉
> (《新民晚報》2017年8月15日)

據此可知他由中學到大學都熱衷於籃球運動，而且在隊中曾
任前鋒及後衛等位置。像這些細微、具體、實在的材料，最
起碼令翻看舊報刊變得更有趣味，也更有意義——知我者說
這是「認真」或「嚴謹」，我感謝；不知我者說這是「執着」或
「拘泥」，我無法反對。

責任編輯：羅國洪

封面設計：洪清淇

黃絹初裁
劉以鬯早期文學作品事證

作者：朱少璋

出　　版：匯智出版有限公司

香港九龍尖沙咀赫德道2A首邦行8樓803室

電話：2390 0605　　傳真：2142 3161

網址：http://www.ip.com.hk

發　　行：香港聯合書刊物流有限公司

香港新界大埔汀麗路36號中華商務印刷大廈3字樓

電話：2150 2100　　傳真：2407 3062

印　　刷：陽光 (彩美) 印刷公司

版　　次：2020年5月初版

國際書號：978-988-74436-4-3